113 DaDa Gedichte

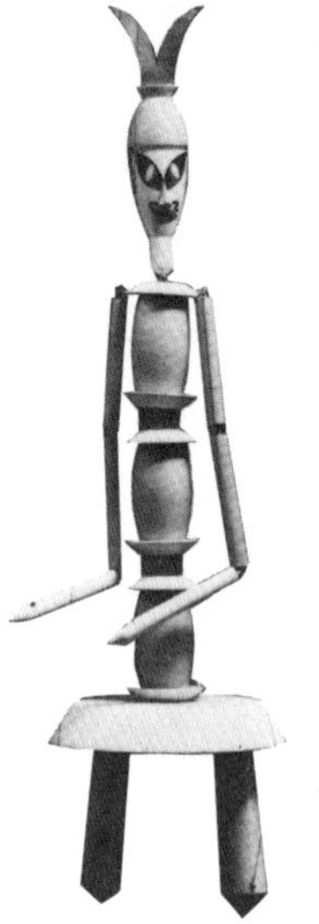

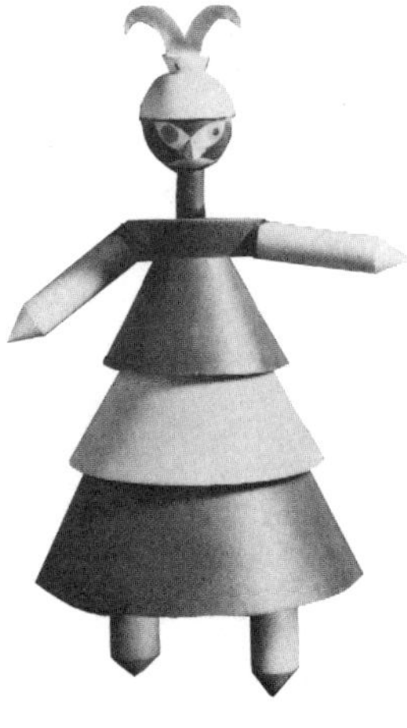

113 DaDa Gedichte

Herausgegeben von Karl Riha

Verlag Klaus Wagenbach Berlin

Wagenbachs Taschenbuch 213
Neuausgabe

4.–6. Tausend der Neuausgabe Juni 1995

Umschlaggestaltung Rainer Groothuis unter Verwendung einer Montage zur Titelseite der Zeitschrift *Jedermann sein eigner Fußball*, Berlin, Leipzig, 1919
Die Seite 2 zeigt Puppen von Sophie Täuber-Arp
Druck und Bindung: Druckerei Wagner, Nördlingen, auf chlor- und säurefreiem Papier

ISBN 3 8031 2213 9

Inhalt

Vorwort

DADA-Lyrik ... – gibt es die überhaupt? Literaturgeschichtlich scheinen wir so festgelegt, daß wir mit dem Jahrzehnt um den Ersten Weltkrieg fest die Vorstellung vom ›literarischen Expressionismus‹ verbinden. DADA ... – war das nicht nur ein Ausbruch in Radau, Krakehl und Obstruktions-Spektakel, der allenfalls als wilder Auswuchs der dominanten Stilrichtung, als chaotische literarische Begleiterscheinung des Kriegsendes und der aus ihm herausplatzenden – in Deutschland bald niedergeschlagenen – Revolution zählte? Wie sollte es da zu einer eigenen ›lyrischen Ausdrucksgeste‹ gekommen sein, die sich zu dokumentieren lohnte?

Gegen dieses Vorurteil belegt die hier veranstaltete Anthologie, daß es in der Tat eine solche Lyrik des DADAismus gibt, auch wenn sie sich – oder gerade weil sie sich – dem Anspruch einer geschlossenen Stilhaltung entzieht. Die unterschiedlichen DADA-Zentren – Zürich, Berlin, Hannover, Köln, Paris und New York – haben unterschiedlich an ihr teil und fundieren sie in ihrer widersprüchlichen Einheit. Sie zeigt: DADA war eben keine verrückte Kuriosität, sondern in Wirklichkeit eine äußerst sensible und vielfältige Antwort auf die Destruktion der Zeit, zu deren großen ›Errungenschaften‹ die Massenschlachten und der Massenmord gehörten.

In dieser direkten Auseinandersetzung mit den zerstörerischen Tendenzen der Zeit nehmen die DADAisten das »primitivste Verhältnis« zu der sie »umgebenden Wirklichkeit« in Anspruch und propagieren: »Das Leben erscheint als ein simultanes Gewirr von Geräuschen, Farben und geistigen Rhythmen, das in die dadaistische Kunst unbeirrt mit allen sensationellen Schreien und Fiebern seiner verwegenen Alltagspsyche und seiner gesamten brutalen Realität übernommen wird.« Oder – im Vorwort zum *Dada-Almanach* von

1920: »Da Dada der direkteste und lebendigste Ausdruck seiner Zeit ist, wendet es sich gegen alles, was ihm obsolet, mumienhaft, festsitzend erscheint.«

Die Folgerungen, die sich aus dieser generellen Protestgestaltung für die DADA-Literatur und speziell für die DADA-Lyrik ergeben, sind außerordentlich. Sie betreffen zunächst das sogenannte ›kulturelle Ganze‹, das als zerstört und nicht mehr existent gilt, laufen aber auch auf die Kritik der jüngsten, eben erst mit dem Anspruch der Modernität aufgetretenen Kunstrichtung des Expressionismus hinaus, die doch nur wieder zu den »abstrakt-pathetischen Gesten« zurückgefunden hat, »die ein inhaltloses, bequemes und unbewegtes Leben zur Voraussetzung« haben: DADA dagegen macht »eine Art Anti-Kultur-Propaganda, aus Ehrlichkeit, aus Ekel, aus tiefstem Dégout vor dem Erhabenheitsgetue des intellektuell approbierten Bourgeois«. DADA empfindet sich als »Narrenspiel aus dem Nichts« und erklärt sich zum »Parodisten der Weltgeschichte«!

Über Parodie und Satire hinaus, die sich besonders in der Berliner DADA-Bewegung politisch akzentuieren, liegt auf diesem Weg die Veränderung der kreativen Qualität selber. DADA habe die Erstarrung und das Tempo der Zeit aus seinem Kopf geboren, heißt es in Anspielung auf den antiken Mythos von der Geburt der Athene im *Dada-Almanach:* »Dada ist die schöpferische Aktion in sich selbst.« Nichtkunst- und Antikunstperspektive reichen also nicht aus, DADA in seiner Konsequenz zu fassen; es muß gerade auch als eine radikale Entfesselung der Künste und ihrer Möglichkeiten gesehen werden. Und dies im ganz wortwörtlichen Sinn, wie sich mit der Feststellung Hans Arps belegen läßt: »Dada hat Laokoon und Söhnen nach tausendjährigem Ringkampf mit der Klapperschlange endlich ermöglicht auszutreten.«

Sie direkt aufgreifend, sieht der Berliner DADAist Raoul Hausmann diese Äußerung als eine adäquate Umschreibung der »Auflösungskräfte« an, »die Dada, ohne jeden Willen zu welchem Machtkomplex immer, den Angriffs- und Unterdrückungspsychismen der überkommenen Gesellschaftsordnung durch sein bloßes Anders-Sein« entgegenstellt. Wirklich – ein Akt heilsamer, weil den Zwang der Fremdbestimmung lösenden Entkrampfung! *Letzte Lockerung* – so lautet der entsprechende Titel des DADAistischen Manifests von Walter Serner!

Das *Cabaret Voltaire,* also jener Ursprungsort, an dem im Februar 1916 das DADAistische Treiben einsetzt, wird von den Züricher DADAisten als eine solche Enthemmung und Entbindung der Kreativität erlebt. »Seien wir neu und erfinderisch«, notiert Hugo Ball in seinem Tagebuch *Die Flucht aus der Zeit:* »Dichten wir das Leben täglich um.« Die Vortragssituation im *Cabaret* führt ihn von der Schreibtischliteratur weg zur lebendigen Auseinandersetzung mit dem Publikum und aus ihr heraus zu einer ganz und gar neuen Form von Versen, »Verse ohne Worte«, also zum Lautgedicht – als Protest gegen die ›Journaille‹ und ihre ganz und gar korrumpierte, durch nichts zu rettende und deshalb für die Dichtung unbrauchbar gewordene Sprache. Über Raoul Hausmann, der ihn ins Lettristische und Optophonetische wendet, reicht dieser Impuls zu Kurt Schwitters und führt ihn zu seiner *Ursonate.*

Ebenfalls im Züricher *Cabaret* findet Richard Huelsenbeck zu einer explosiven, seine Verse peitschenden Rhythmik, mit der er ›wilde Natur‹, ›Ausbruch des Instinkts‹ signalisiert und das Publikum noch übers groteske lyrische Bild hinaus – »So weit ist es nun tatsächlich mit dieser Welt gekommen / Auf den Telegraphenstangen sitzen die Kühe und spielen Schach« – irritiert. Aber auch das Simultangedicht – ein gleichzeitig von mehreren Autoren aus divergenten Texten derart rezitiertes Poem, daß es zu überraschenden Sinn- und Unsinnsinterferenzen kommt – hat seinen Ursprung hier; es führt in gewisser Hinsicht zur Auflösung des individuell konturierten und gerade für die Lyrik scheinbar so konstitutiven Autor-›Ichs‹.

Die Aufhebung dieser ›Ich‹-Barriere hat diverseste Formen der Zusammenarbeit unter den DADAistischen Autoren zur Folge, ja geradezu die Entdeckung des gemeinsamen Schreibens als einer innovativen poetischen Qualität. Huelsenbeck, Marcel Janco und Tristan Tzara oder Arp, Tzara und Walter Serner im Züricher DADAismus, Hausmann und der ›Oberdada‹ Johannes Baader in Berlin, Arp und Max Ernst in Köln oder André Breton und Philippe Soupault während ihrer

DADA-Phase in Paris arbeiten auf diese Weise miteinander, ineinander und auseinander heraus. In einer aufschlußreichen Eintragung lesen wir zur tieferen Begründung dieser Modifikation des Dichtens in Balls Tagebuch *Die Flucht aus der Zeit:* »Hülsenbeck kommt, um auf der Maschine seine neuesten Verse abzuschreiben. Bei jeder zweiten Vokabel wendet er den Kopf und sagt: ›Oder ist das etwa von Dir?‹ Ich schlage scherzhaft vor, jeder solle ein alphabetisches Verzeichnis seiner geprägtesten Sternbilder und Satzteile anfertigen, damit das Produzieren ungestört vonstatten gehe; denn auch ich sitze, fremde Vokabeln und Assoziationen abwehrend, auf der Fensterbank und schaue dem Schreiner zu, der unten im Hof mit seinen Särgen hantiert. Wenn man genau sein wollte: zwei Drittel der wunderbar klagenden Worte, denen kein Menschengemüt widerstehen mag, stammen aus uralten Zaubertexten. Die Verwendung von ›Sigeln‹, von magisch erfüllten fliegenden Worten und Klangfiguren kennzeichnet unsere gemeinsame Art zu dichten.«
Arp entdeckt den Zufall als wichtiges schöpferisches – eben neu-schöpferisches – Prinzip und operiert mit ihm nicht nur in seinen graphischen, sondern gerade auch in seinen literarischen Arbeiten; und Ansätze zur Mobilisierung des Unterbewußten, in Richtung der später von den Surrealisten so genannten ›écriture automatique‹ gibt es ebenso: sie haben die Funktion, das im Käfig seiner Begriffsschablonen verendende Denken zu neuem Leben zu erwecken und die schlechte Wirklichkeit durch eine frappierende – verrückt ungezügelte – Bildlichkeit herauszufordern. In diesem Sinn gibt Arp in seiner Klage *weh unser guter kaspar ist tot* (s. *Die Schwalbenhode*) der durch den Verlust des Fetischs ›Kunst‹ ernüchterten Welt seltsam irisierende Irritationen vor, schafft Kurt Schwitters – in Parodie seiner eigenen *Sturm*-expressionistischen Anfänge – die DADAistische Rätselfigur *Anna Blume,* die sich bekanntlich ›von hinten‹ wie ›von vorne‹ lesen läßt, und deren Name »tropft wie weiches Rindertalg«: »Blau ist die Farbe Deines gelben Haares, / Rot ist die Farbe Deines grünen Vogels. / Du schlichtes Mädchen im Alltagskleid, / Du liebes grünes Tier, ich liebe Dir!« Als Scharade für die Nicht-Herstellbarkeit von Sinn unterlaufen solche Erfindungen die herkömmlichen Poesie-Erwartun-

gen, narren den Leser und führen ihn – präzis am Namen ›kaspar‹ oder ›Anna Blume« – in die Irre.
Solche ›Unsinnserhellung‹ steht natürlich – historisch gesehen – im Zusammenhang von Nonsense-Dichtung, schwarzem Humor, absurdem Witz etc., die eine breite volksmäßige Tradition haben; das gilt im übrigen auch für ›abstrakte‹ Textformen wie das Lautgedicht – man darf an die exotisch-vertraute Menschenfresser-Sprache in Poccis Kasperstücken oder Christian Morgensterns Groteskyrik der *Galgenlieder* erinnern. Kurt Schwitters bezieht sich in einem seiner Laut- und Bildgedichte ausdrücklich auf einen vergessenen Autor des neunzehnten Jahrhunderts zurück, der an das kreative Potential der satirisch-humoristischen Zeitschriften wie der *Fliegenden Blätter* und des *Kladderadatsch* gebunden ist; und exakt auf die durcheinandergeschüttelte, mit unterschiedlichsten Schriftgrößen operierende Typographie des *Kladderadatsch* verweist Hausmann im Blick auf seine eigenen *Plakatgedichte*.
Das »Narrenspiel aus dem Nichts«, als welches ihm das DADA-Getreibe im *Cabaret Voltaire* erscheint, konkretisiert Ball als »ein Spiel mit den schäbigen Überbleibseln« der verflossenen Kulturperiode und »eine Hinrichtung der posierten Moralität und Fülle«. Bild- und Textcollagen, Montagebilder und Montagetexte, die sich aus Zeitungszitaten, Reklamesprüchen, Phrasen der leerlaufenden öffentlichen Rhetorik und austauschbar gewordenen weltanschaulichen Programmsätzen rekurrieren, liegen ganz auf der Linie dieses Hinweises. Seine ironisch-resignative Entsprechung liefert der Satz Hausmanns: »Wozu Geist haben in einer Welt, die mechanisch weiterläuft«; eben dieses Prinzip des ›Mechanischen‹ greifen die Collagen und Montagen auf und nutzen es bald in komisch-absurdistischer, bald in bissig-satirischer Weise.
Expressionismus-Kontrafakturen mit satirischen und parodistischen Schlaglichtern, Neugründung der Lyrik im befreienden Rückgriff aufs lettristische und lautliche Element, Auflösung des starren Ich-Gestus im simultanistischen Prinzip, gestische Rhythmisierungen als körpersprachlicher Zeitausdruck, collagierende und montierende Verfahrensweisen schließlich mit ihrem tiefgreifenden Einfluß auf die ganze

›Grammatik‹ des Gedichts ... – nur einige und besonders auffällige Trends DADAistischer Lyrik sind mit diesen Stichworten umrissen. Mit zur offenen Vielfalt der DADA-Lyrik gehört freilich auch die Tendenz, von manifestösen Äußerungen her zum Vers-Text zu finden und das Publikum durch provokant formulierte Widersprüche in Bann zu ziehen oder zum Protest herauszufordern; das trifft nach 1920 vor allem für die Pariser DADAisten unter der Führung Tristan Tzaras zu. Eine interessante Spielart solcher Provokation wiederum liefert der Berliner ›Oberdada‹ Baader mit seinem endlos wiederholten, in seiner religiös-sektiererischen Naivität den heillosen Zustand der Welt paradox illustrierenden Spruch: »Die Menschen sind Engel und leben im Himmel.« Und ganz ähnlich – nur vom Inhaltlichen ins Formale und Gattungshafte gewendet – verblüfft der Merz-DADAist Kurt Schwitters zeitlich fast parallel zur intensivsten Phase seiner abstrakt-experimentellen Poesie zu Beginn der zwanziger Jahre durch den Rekurs auf geläufige Textformen wie Sprichwort, Volkslied oder Schlager, die auf den ersten Blick ganz unverfremdet und gerade deshalb so fremd in Anschlag gebracht werden.

So viel im Vorgriff auf die ausführlicheren Hinweise, die im folgenden die einzelnen Kapitel zu DADA-Zürich, DADA-Berlin, Merz-DADA, DADA-Köln und – zusammengenommen – DADA-Genf, DADA-Paris und DADA-New York einleiten; die poetologischen Statements werden dort aufgegriffen, breiter belegt und in Ereignis-Zusammenhänge gestellt, aus denen sich die unterschiedlichen Konturen der DADA-Bewegung ableiten und skizzieren lassen. Einzelne Autoren wie Richard Huelsenbeck, Tristan Tzara und Hans Arp, die an mehreren Orten hervorgetreten sind, werden mit Bild-Porträt und zugeordneter Kurzbiographie sowie mit ihren Texten entsprechend aufgeteilt, so daß sich dem Leser die Möglichkeit bietet, ihren Weg zu verfolgen und den Konstellationen Rechnung zu tragen, in denen und aus denen heraus sie DADAistisch agierten.

Als er 1928 für die *Weltbühne* Bertolt Brechts *Hauspostille* zu rezensieren hatte und zu dem Resultat kam, daß sich in ihr »Pose, Verzweiflung, echter Schmerz, eine gemachte Kälte, die Wärme zu sein vorgibt, wo echte Kälte ist«, zu einer

»herrlichen lyrischen Diktion« mischen, erinnerte Kurt Tucholsky als einzig vergleichbar an die Verse des jungen – DADAistisch gestimmten – George Grosz. Und natürlich hat man sich innerhalb der experimentellen Literatur immer wieder an den Erfindungen der ›Väter der Moderne‹ orientiert. Zum Beispiel: als sie nach dem Zweiten Weltkrieg der verfemten DADA-Literatur wieder begegnen konnten, empfanden dies die Mitglieder der *Wiener Gruppe* um H. C. Artmann, Gerhard Rühm, Konrad Bayer etc. als Anschluß an ihre eigentliche, eine verlorengegangene, wiedergefundene und immer noch virulente Tradition. Die Anhänger der ›konkreten Poesie‹ oder Helmut Heißenbüttel – zuletzt in seinem Essay-Band *Von fliegenden Fröschen etc.*, in dem er sich unterm Aufsatztitel *Nicht Marlitt oder Anna Blume, sondern Marlitt und Anna Blume* zur »Rekonstruktion der Tradition« einer DADArelevanten Moderne äußert – und Ernst Jandl haben DADA als Quelle und zentralen Punkt der Auseinandersetzung für ihre eigene Arbeit genannt.
Man sieht: wohl hat es bis heute immer wieder produktiv-literarische, literatur-kritische und – in Grenzen – auch literatur-wissenschaftliche Rückgriffe auf einzelne Autoren und Textkomplexe der DADA-Ära gegeben, eine breit angelegte, differenzierte und die Kontraste ausleuchtende Sammlung einschlägiger DADA-Lyrik, wie sie hier versucht wird, fehlt aber bisher. Das 1957 von Peter Schifferli herausgegebene Bändchen *Die Geburt des Dada, Dichtung und Chronik der Gründer*, das seinerzeit große Wirkung hatte, ist auf den Beitrag DADA-Zürichs beschränkt und verhält sich selbst hier noch so selektiv, daß sich – wie in Einzelpublikationen und isolierten Werkausgaben – nur ein auf einzelne Autoren eingeengtes Blickfeld bietet. Die Aufhebung dieser Einschränkung ist also notwendig, will man die Lyrik der DADAisten an der Schaltstelle innerhalb der Geschichte der modernen Lyrik plazieren, an der sie als auflösende und ins Unbekannte vorstoßende Kraft tatsächlich steht.
Für die Auswahl der hier veranstalteten Ausgabe war wesentlich, daß es sich um tatsächlich in den DADA-Jahren zwischen 1915/16 und 1924/25 entstandene und – in der Regel – auch veröffentlichte Texte handeln mußte; zurück-

zugreifen war deshalb auf die Originalzeitschriften, Heft- und Buchpublikationen dieser Zeit. Eine solche Trennungslinie zu ziehen, ist sicher dort problematisch, wo einzelne Autoren wie Arp, Hausmann oder Schwitters in die späten zwanziger Jahre hinein und sogar über Nazi-Terror und Zweiten Weltkrieg hinaus an DADA festgehalten bzw. ein aus DADA abgeleitetes Spätwerk geschaffen haben, das an die hier versammelten Texte der engeren DADA-Periode ohne Riß anschließt; gerechtfertigt ist sie hingegen dort, wo es sich um die Ausgrenzung eines – oft selbsternannten – Post- oder Neo-DADAismus handelt. Zu ihm sind die meisten überlebenden DADAisten noch selbst auf Distanz gegangen, weil sie keine Verwandtschaft aus der Tiefe der weltanschaulichen Problematik heraus entdecken konnten. Den Mut, die Erstarrung der Zeit zu durchstoßen und in einer neuen Sprache zu sprechen, den die DADAisten für sich reklamierten, kann man sich ja fürs Heute und Jetzt nicht einfach in der Vergangenheit borgen; er ist nur aktuell zu praktizieren. Die wirkliche Identifikation mit dem ursprünglichen Elan der DADA-Bewegung klebt deshalb nicht am äußerlichen Namensetikett, sondern sucht – da DADA am nächsten – zur »Selbstbefreiung« den eigenen Weg.

Dada-Annonce, aus: *Der Dada* Nr. 2, Berlin 1919

DADA-Zürich

»Zürich ›Cabaret Voltaire‹. Unter diesem Namen hat sich eine Gesellschaft junger Künstler und Literaten etabliert, deren Ziel es ist, einen Mittelpunkt für die künstlerische Unterhaltung zu schaffen. Das Prinzip soll sein, daß bei den täglichen Zusammenkünften musikalische und rezitatorische Vorträge der als Gäste verkehrenden Künstler stattfinden, und es ergeht an die junge Künstlerschaft Zürichs die Einladung, sich ohne Rücksicht auf eine besondere Richtung mit Vorschlägen und Beiträgen einzufinden«: so Hugo Ball unterm Datum des 2. Februar 1916 in seinem Tagebuch *Die Flucht aus der Zeit* aus dem Jahre 1927. Er zitiert eine Notiz, die er zu eben diesem Zeitpunkt an die Züricher Presse gegeben hatte. Über den Erfolg seiner Aufforderung hält er unterm 5. Februar fest: »Das Lokal war überfüllt; viele konnten keinen Platz mehr finden. Gegen sechs Uhr abends, als man noch fleißig hämmerte und futuristische Plakate anbrachte, erschien eine orientalisch aussehende Deputation von vier Männlein, Mappen und Bilder unterm Arm; vielmals diskret sich verbeugend. Es stellten sich vor: Marcel Janco der Maler, Tristan Tzara, Georges Janco und ein vierter Herr, dessen Name mir entging. Arp war zufällig auch da und man verständigte sich ohne viel Worte. Bald hingen Jancos generöse ›Erzengel‹ bei den übrigen schönen Sachen, und Tzara las noch am selben Abend Verse älteren Stiles, die er in einer nicht unsympathischen Weise aus den Rocktaschen zusammensuchte.«

DADA in Zürich – und mit ihm die ganze DADA-Bewegung überhaupt – begann also als eine Art literarisches Kabarett, wie es sich als neue Kunst- und Künstler-Institution mit Bohèmetouch bereits zum Ende des neunzehnten Jahrhunderts ausgebildet hatte. In Frankreich gab das aus einem Künstler-Club entwickelte *Chat noir* das große Vorbild ab. »Wir werden politische Ereignisse persiflieren, die Menschheit belehren, ihr ihre Dummheit vorhalten, dem Mucker die schlechte Laune abgewöhnen, dem Philister die Sonnenseite des Lebens zeigen, dem Hypochonder die heuchlerische Maske abnehmen, und um Material für diese literarischen Unterhaltungen werden wir lauschen und herumschleichen, wie es nachts die Katzen auf den Dächern tun«, hieß es in einem der Gründungsmanifeste. Für Deutschland hatte O. J. Bierbaum in seinem »Roman aus der Froschperspektive« *Stilpe* von 1897 erstmals ein solches ›Literatur-Varieté‹ gefordert und seine Stoßrichtung wie folgt propagiert: »Wir werden diese alberne Welt umschmeißen! Das Unanständige werden wir zum einzig Anständigen krönen! Das Nackte werden wir in seiner ganzen Schönheit neu aufrichten vor allem Volke! Lustig und lüstig werden wir diese infame, moralklapprige Welt wieder machen, lustig und himmlisch frech«; er erhoffte sich vom Tingeltangel her die »Renaissance« der Kultur, »aller Künste und des Lebens«, und – mit Bezug auf Friedrich Nietzsche – die Geburt des »Übermenschen auf dem Brettl«. Um die Realisierung dieses Programms konkurrierten nach der Jahrhundertwende das in Berlin von Ernst von Wolzogen gegründete *Überbrettl* und die Münchener *Elf Scharfrichter,* denen Frank Wedekind angehörte; das Theater nahm sich dieser Bewegung an, wie Max Reinhardts *Schall und Rauch* zeigt, und auch Christian Morgenstern mit seinen grotesk-makabren ›Galgenbrüdern‹ gehört hierher.

Hugo Ball und Emmy Hennings hatten sich bereits in den Anfängen ihres Schweizer Exils – während rundum Europa Ersten Weltkrieg spielte –, ihren kargen Lebensunterhalt mit Rezitationen und musikalischen Vorträgen verdient; so lag es nah, statt fremde Unterhaltungsetablissements zu bedienen, nun in die eigene Regie zu gehen. Walter Mehring bezeichnet deshalb in seinen DADA-Erinnerungen das Züricher *Cabaret Voltaire* geradezu als eine Einrichtung für Emmy Hennings, die »Schleswiger Chansonette«, die Ball in einem ›Berliner Tingeltangel‹ kennengelernt, in die er sich verliebt und die er zu seiner Frau und Jüngerin gemacht hatte. Aufgrund dieser Ausgangslage hielt sich das durch Ball gegründete *Cabaret* zunächst durchaus im Rahmen herkömmlicher ›Brettl‹-Kunst; wir finden jedenfalls zu den ersten Abenden Hinweise auf Vortragsnummern wie *À la Vilette* von Aristide Bruant, der als großer moderner Chansonsänger aus dem *Chat noir* hervorgegangen war, das *Donnerwetterlied* von Frank Wedekind oder das *Revoluzzerlied* von Erich Mühsam.

Dennoch handelt es sich nicht um einfache Genre-Rekapitulationen zur Gewinnung eines stehenden Repertoires, sondern – in der Auswahl der Bezugspersonen und -texte – um ein wichtiges, auf die eigentliche DADAistische Eskalation vorausweisendes Signet. Die ›offene Form‹ des *Cabarets* förderte solche Integrationen ganz in dem Sinn, in dem dann natürlich auch die Anknüpfungen an Christian Morgenstern und vor allem an einzelne expressionistische Lyriker wie Jakob van Hoddis, Alfred Lichtenstein oder Else Lasker markante Zeichen setzen sollten. Wichtige literarische Einflüsse gingen von den italienischen Futuristen aus, allen voran ihr Wortführer Marinetti, der bereits 1913 ein Manifest zur »Verherrlichung des Varietés« geschrieben und es zum »Schaufenster für unzählige Erfindungen« erklärt hatte: »Hier einige Bestandteile dieser Wunder: 1. starke Karikaturen, 2. Abgründe der Lächerlichkeit, 3. kaum fühlbare und köstliche Ironie, 4. verwirrende und endgültige Symbole, 5. Wasserfälle unbezähmbarer Heiterkeit, 6. tiefe Analogien zwischen der Menschheit einerseits und der Tier-, Pflanzen- und Maschinenwelt andererseits, 7. kurz aufblitzende Zynismen, 8. Geflecht aus geistreichen Witzen, Wortspielen und Rätseln, die dazu dienen, die Intelligenz angenehm zu lüften, 9. die ganze Tonleiter des Lachens und des Lächelns zur Entspannung der Nerven, 10. die ganze Skala der Dummheit, des Blödsinns, des Unsinns und der Absurdität, die die Intelligenz unmerklich bis an den Rand des Wahnsinns führen, 11. all die neuen Bedeutungen des Lichtes, des Tones, des Geräusches und des Wortes, die sich geheimnisvoll und unerklärlich bis in die unerforschtesten Teile unserer Sensibilität fortsetzen, 12. eine Reihe von Ereignissen, die rasch abgefertigt werden, und Persönlichkeiten, die von rechts nach links in zwei Minuten über die Bühne geschoben werden (›und nun werfen wir einen Blick auf den Balkan‹: König Nikolaus, Enver Pascha, Danev, Venizelos, Tiefschläge und Ohrfeigen zwischen Serben und Bulgaren, ein Couplet, und alles verschwindet), 13. lehrreiche satirische Pantomimen.« Und schließlich: »14. Karikaturen des Schmerzes und der Sehnsucht, die durch Gebärden, die durch ihre spasmodische, zögernde und schläfrige Langsamkeit auf die Nerven gehen, sehr einprägsam sind; ernste Worte, die durch kosmische Gesten lächerlich gemacht werden; wunderliche Verkleidungen, entstellte Worte, Grimassen, Narrenstreiche.«

Dieses Programm DADAistisch umzusetzen und zu realisieren, kam Hilfe von unterschiedlichster Seite: die Zeitungsannonce Balls und die ersten *Cabaret*-Aktivitäten führten auf einen Schlag nicht nur die Züricher DADAisten der ersten Stunde zusammen – Richard Huelsenbeck sollte bald dazustoßen –, sondern zogen auch sonst allerlei Aufmerksamkeit auf sich. Ein zwanzig Mann starkes russisches Balaleika-Orchester offerierte sich als ›ständiger Gast‹, der sogenannte ›Schweizer Abend‹ brachte zwei Herren, von denen der eine das Lied vom *Schönen Jungfer Lieschen*, der andere *Eichene Gedichte* (eigene Gedichte) darbot. Schließlich ist der Überfall einer ganzen ›Gesellschaft holländischer Jungs‹ festgehalten, die Banjos und Mandolinen mitgebracht hatten und sich wie komplette Narren aufführten: einen in ihrer Clique nannten sie den ›Öl im Knie‹; dieser Herr Ölimknie machte den Obermimen, indem er drapiert aufs Podium stieg und unter allerlei Verrenkungen, Beugen und Schlottern der Knie Exzentricsteps vorführte. Für Ende Februar 1916 notiert Ball, ein »undefinierbarer Rausch« habe sich aller bemächtigt, das kleine Kabarett drohe aus den Fugen zu gehen und eskaliere zum »Tummelplatz verrückter Emotionen«. Ausdrücklich weist er darauf hin, daß die Tendenz zur künstlerischen Neufindung, der Drang zum »ununterbrochenen Lebendigen, Neuen, Naiven« unmittelbar aus der direkten Konfrontation mit dem Publikum resultiere. Der ›öffentliche Vortrag‹ wird ihm zum ausschlaggebenden Kriterium: »Ich habe mich (vom Podium) belehren lassen, in welchem Ausmaße die heutige Literatur problematisch, das heißt am

Schreibtische erklügelt und für die Brille des Sammlers, statt für die Ohren lebendiger Menschen gefertigt ist.«
Huelsenbecks Pseudo-Negergedichte, mit deren Rhythmus er »am liebsten die Literatur in Grund und Boden trommeln« möchte, seine mit einem Fitzestöckchen aus spanischem Rohr skandierten *Phantastischen Gebete* und das gemeinsam von Huelsenbeck, Tzara und Janco geschaffene ›poème simultan‹ sind akustische Poesie, die laut vorgetragen und gehört, nicht still gelesen sein will; sie leben aus der Vortragspose. Zum Simultangedicht lesen wir bei Ball: »Das ist ein kontrapunktliches Rezitativ, in dem drei oder mehrere Stimmen gleichzeitig sprechen, singen, pfeifen oder dergleichen, so zwar, daß ihre Begegnungen den elegischen, lustigen oder bizarren Gehalt der Sache ausmachen. Der Eigensinn eines Organons kommt in solchen Simultangedichten drastisch zum Ausdruck, und ebenso seine Bedingtheit durch die Begleitung. Die Geräusche (ein minutenlang gezogenes rrrrr, oder Polterstöße oder Sirenengeheul und dergleichen), haben eine der Menschenstimme an Energie überlegene Existenz. / Das ›Poème simultan‹ handelt vom Wert der Stimme. Das menschliche Organ vertritt die Seele, die Individualität in ihrer Irrfahrt zwischen dämonischen Begleitern. Die Geräusche stellen den Hintergrund dar; das Unartikulierte, Fatale, Bestimmende. Das Gedicht will die Verschlungenheit des Menschen in den mechanistischen Prozeß verdeutlichen. In typischer Verkürzung zeigt es den Widerstreit der vox humana mit einer sie bedrohenden, verstrickenden und zerstörenden Welt, deren Takt und Geräuschablauf unentrinnbar sind.«
Auch der Griff zur Maske, den Janco anregte, ist auf die theatralische Wirkung im Kabarettraum, also auf Zuschauer berechnet. Die »motorische Gewalt« der vorgebundenen Larven teilte sich den Akteuren bereits im ersten improvisierten Versuch in frappierender Unwiderstehlichkeit mit: »Die Masken verlangten einfach, daß ihre Träger sich zu einem tragisch-absurden Tanz in Bewegung setzten.« In Balls Lautgedichten, die in der Schlußphase des *Cabaret Voltaire* gewissermaßen den Höhepunkt seiner künstlerischen Eskalationsmöglichkeiten markieren, treffen sich beide Linien: sie wurden vor Notenständern zelebriert und verfielen dem Ton

»priesterlicher Lamentation«; für die Premiere am Abend des 23. Juni 1916 hatte sich der Autor ein eigenes Kostüm konstruiert, er steckte in einem Obelisk aus Pappe mit riesigem Mantelkragen und trug einen zylinderartigen Schamanenhut. Dem eigentlichen Vortrag, der damit endet, daß der Vortragende in seiner »kubistischen Maske« eine Vision seiner Kindheit hat – »jenes halb erschrockene, halb neugierige Gesicht eines zehnjährigen Knaben, der in den Totenmessen (. . .) gierig am Munde der Priester hing« – und zuletzt »vom Podium herab schweißbedeckt als ein magischer Bischof in die Versenkung« getragen wird, hatte Ball »einige programmatische Worte« vorausgeschickt. In ihnen ist davon die Rede, daß diese »neue Gattung von Versen« als eine »Art Klanggedichte in Bausch und Bogen auf die durch den Journalismus verdorbene und unmöglich gewordene Sprache« verzichte und dem Rückzug in die »innerste Alchimie des Wortes« diene; indem sie darauf verzichte, »aus zweiter Hand zu dichten: nämlich Worte zu übernehmen (von Sätzen ganz zu schweigen)«, bewahre sie der Dichtung »ihren letzten heiligsten Bezirk«.

Der Name ›DADA‹ war zu diesem Zeitpunkt bereits in die Welt gesetzt. Im Tagebuch Balls taucht er erstmals unterm Datum 18. April auf, verquickt mit dem Plan zur Gründung einer Zeitschrift; aber bekanntlich reklamierten auch Tzara und Huelsenbeck ihre Rechte an der Namensfindung. Wichtiger als die Klärung der Urheberschaft ist allerdings die der Wortfindung selber, die sich in den unterschiedlichen Versionen ähnelt. Offensichtlich stieß man durch zufälliges Blättern in einem Wörterbuch oder Lexikon auf dieses treffende, weil jeden allzu direkten Sinn abwehrende Lautsignal: »Dada heißt im Rumänischen Ja, Ja, im Französischen Hotto- und Steckenpferd. Für Deutsche ist es ein Signum alberner Naivität und zeugungsfroher Verbundenheit mit dem Kinderwagen.«

Das Prinzip des Zufalls, das auf diese Weise besonders unterstrichen wird, wurde vor allem von Hans Arp als das entscheidende DADAistische Moment herausgestellt. Hans Richter lokalisierte hier sogar das »Zentralerlebnis von Dada«, ging dabei allerdings von der ›bildnerisch-visuellen Sphäre‹ aus: »Ich möchte hier eine Anekdote anführen (. . .)

Arp hatte lange in seinem Atelier am Zeltweg an einer Zeichnung gearbeitet. Unbefriedigt zerriß er schließlich das Blatt und ließ die Fetzen auf den Boden flattern. Als sein Blick nach einiger Zeit zufällig wieder auf diese auf dem Boden liegenden Fetzen fiel, überraschte ihn ihre Anordnung. Sie besaß einen Ausdruck, den er die ganze Zeit vorher vergebens gesucht hatte.« Arp selbst wollte dieses Zufallsprinzip durchaus auch auf seine poetischen Texte angewandt wissen, wie er in späten Jahren in einem ausführlichen Statement zu seiner frühen Lyrik erinnerte: »Wörter, Schlagworte, Sätze, die ich aus Tageszeitungen und besonders aus ihren Inseraten wählte, bildeten 1917 die Fundamente meiner Gedichte. Öfters bestimmte ich auch mit geschlossenen Augen Wörter und Sätze in Zeitungen, indem ich sie mit Bleistift anstrich. Ich nannte diese Gedichte ›Arpaden‹. Es war die schöne ›Dadazeit‹, in der wir das Ziselieren der Arbeit, die verwirrten Blicke der geistigen Ringkämpfer, die Titanen aus tiefstem Herzensgrund haßten und belachten. Ich schlang und flocht leicht und improvisierend Wörter und Sätze um die aus der Zeitung gewählten Wörter und Sätze. Das Leben ist ein rätselhafter Hauch, und die Folge daraus kann nicht mehr als ein rätselhafter Hauch sein. (. . .) Wir meinten durch die Dinge hindurch in das Wesen des Lebens zu sehen, und darum ergriff uns ein Satz aus einer Tageszeitung mindestens eben so sehr wie der eines Dichterfürsten.« Und Tristan Tzara ging in diese Richtung noch einen Schritt weiter: er präsentierte das Zufallsprinzip als Publikumsdemonstration und erklärte diesen Akt zur Poetik des DADAistischen Gedichts.

An Balls Diarium ist zu beobachten, in welcher Weise der Name DADA die vorauslaufenden Aktivitäten des *Cabaret Voltaire* aufsaugen und begrifflich-deutend transformieren konnte, wie etwa die folgende, auf den Hintergrund des Weltkriegs zu projizierende Formulierung zeigt: »Was wir zelebrieren, ist eine Buffonade und eine Totenmesse zugleich.« Eine Art allererstes DADA-Manifest stellen die in einzelne Abschnitte gegliederten Eintragungen des 12. Juni 1916 dar, in denen es etwa heißt: »Was wir Dada nennen, ist ein Narrenspiel aus dem Nichts, in das alle höheren Fragen verwickelt sind; eine Gladiatorengeste; ein Spiel mit den

schäbigen Überbleibseln; eine Hinrichtung der posierten Moralität und Fülle. / Der Dadaist liebt das Außergewöhnliche, ja das Absurde. Er weiß, daß sich im Widerspruche das Leben behauptet und daß seine Zeit wie keine vorher auf die Vernichtung des Generösen abzielt. Jede Art Maske ist ihm darum willkommen. Jedes Versteckspiel, dem eine düpierende Kraft innewohnt. Das Direkte und das Primitive erscheint ihm inmitten enormer Unnatur als das Unglaubliche selbst. / Da der Bankrott der Ideen das Menschenbild bis in die innersten Schichten zerblättert hat, treten in pathologischer Weise die Triebe und Hintergründe hervor. Da keinerlei Kunst, Politik oder Bekenntnis diesem Dammbruch gewachsen scheinen, bleibt nur die Blague und die blutige Pose. / Der Dadaist vertraut mehr der Aufrichtigkeit von Ereignissen als dem Witz von Personen. Personen sind bei ihm billig zu haben, die eigene Person nicht ausgenommen. Er glaubt nicht mehr an die Erfassung der Dinge aus einem Punkt, und ist doch noch immer dergestalt von der Verbundenheit aller Wesen, von der Gesamthaftigkeit überzeugt, daß er bis zur Selbstauflösung an den Dissonanzen leidet. / Der Dadaist kämpft gegen die Agonie und den Todestaumel der Zeit. Abgeneigt jeder klugen Zurückhaltung, pflegt er die Neugier dessen, der eine blutige Freude noch an der fraglichsten Form der Fronde empfindet. Er weiß, daß die Welt der Systeme in Trümmer ging, und daß die auf Barzahlung drängende Zeit einen Ramschverkauf der entgötterten Philosophien eröffnet hat. Wo für die Budenbesitzer der Schreck und das schlechte Gewissen beginnt, da beginnt für den Dadaisten ein helles Gelächter und eine milde Begütigung.«
Hier konnten Tristan Tzara mit seinem *Dada Manifest* und Richard Huelsenbeck mit seinem *Dadaistischen Manifest*, das er von allen Züricher und dann auch Berliner DADAisten unterzeichnen ließ, – beide 1918 entstanden – unmittelbar anknüpfen. – Schon Mitte März 1916 zeigte allerdings das *Cabaret Voltaire* erste Erschöpfungszustände. Huelsenbeck hat dazu festgehalten, daß der holländische Wirt heftig nach »besserer Unterhaltung« verlangt habe, um mehr Besucher anzulocken, da sonst das Etablissement schließen müsse. Auch die Interessen der Züricher selbst verlagerten sich mit der Nachfolgegründung der *Galerie Dada* am 29. März 1917.

Gegen die »Barbarismen des Kabaretts« vom Vorjahr geht es nun darum, »eine kleine Gesellschaft von Menschen zu bilden, die sich gegenseitig stützen und kultivieren«: »Zwischen ›Voltaire‹ und Galerie Dada liegt eine Spanne Zeit, in der sich jeder nach Kräften umgetan und neue Eindrücke und Erfahrungen gesammelt hat.« Die Galerie, heißt es, habe drei Gesichter: tagsüber sei sie eine Art Lehrkörper für Pensionate und höhere Damen, am Abend sei der Kandinsky-Saal bei Kerzenbeleuchtung ein Klub der entlegensten Philosophien, an den Soireen aber würden Feste gefeiert von einem Glanz und Taumel, wie sie Zürich bis dahin nicht gesehen habe.

Die künstlerischen Entdeckungen, zu denen das *Cabaret* den Anstoß gegeben hatte, veränderten sich, sobald sie im Rahmen der *Galerie* aufgegriffen, rekapituliert oder fortgeführt wurden, nicht unwesentlich. Das zeigen exemplarisch die Lautgedichte Balls, die nun – als »abstrakte Tänze« vorgetragen – in den Bannkreis kontemplativer Kunstanschauungen gerieten, die auf »zauberische Beschwörung« als »Befreiung von der Zeit« – bis ins Unterbewußte – aus waren. Man vergleiche daraufhin den Premierenbericht zur »neuen Gattung von Versen« im *Cabaret Voltaire* – Ball in »kultischer Maske«, zuletzt, physisch und seelisch völlig erschöpft »schweißbedeckt als ein magischer Bischof in die Versenkung getragen« – mit der neuen, stärker ins Spielerische und Anmutige gehenden Darbietungsversion: »Hier im besonderen Fall genügte eine poetische Lautfolge, um jeder einzelnen Wortpartikel zum sonderbarsten, sichtbaren Leben am hundertfach gegliederten Körper der Tänzerin zu verhelfen. Aus einem ›Gesang der Flugfische und Seepferdchen‹ wurde ein Tanz voll Spitzen und Gräten, voll flirrender Sonne und von schneidender Schärfe.«

»Die neuere Kunst ist sympathisch (. . .)«; dementsprechend mutierte auch die Bestimmung für ›Dada‹ und ›Dadaist‹. So bringt Ball – in einem Wortspiel – den »Rock des Dandyisten und Dadaisten« eng zusammen oder hinterlegt fürs deutsche Wörterbuch: »Dadaist: kindlicher, donquichottischer Mensch, der in Wortspiele und grammatikalische Figuren verwickelt ist«; oder: »Der Dadaismus – ein Maskenspiel, ein Gelächter? Und dahinter eine Synthese der

romantischen, dandyistischen und – dämonistischen Theorien des 19. Jahrhunderts?« Die Verschiebung in der Selbstdeutung, die nicht eigentlich im Widerspruch steht zur früheren Bestimmung, aber doch modifiziert und einengt, ist deshalb von besonderer Bedeutung, weil sie in Balls Resümee zum Züricher DADAismus, dessen führender Kopf er war, wie im nachfolgenden allgemeinen Urteil entscheidendes Gewicht erhalten sollte. Angestoßen durch die revolutionären Ereignisse in Rußland, erinnerte sich Ball am 7. Juni 1917 in Magadino, daß während der Zeit des *Cabarets* visavis in der Spiegelgasse »Herr Ulianow-Lenin« gewohnt habe: »Er mußte jeden Abend unsere Musiken und Tiraden hören, ich weiß nicht, ob mit Lust und Gewinn.« Zeitlich parallel zur Eröffnung der *Galerie* sei dieser dann nach Petersburg gereist, »um die Revolution auf die Beine zu stellen«, und Ball fragt sich – mit der Tendenz zu einer positiven Beantwortung –: »Ist der Dadaismus wohl als Zeichen und Geste das Gegenspiel zum Bolschewismus? Stellt er der Destruktion und vollendeten Berechnung die völlig donquichottische, zweckwidrige und unfaßbare Seite der Welt gegenüber? Es wird interessant sein zu beobachten, was dort und was hier geschieht.«
Die entscheidenden Schritte der Züricher DADAisten waren jedoch, als diese Sätze ins Tagebuch geschrieben wurden, schon getan. Huelsenbeck war bereits Januar 1917 wieder nach Deutschland zurückgekehrt, direkt veranlaßt, wie er selbst sagt, durch die »Schließung des Kabaretts«; in Berlin stieß er zum Kreis um die Zeitschrift *Neue Jugend* und gründete zusammen mit George Grosz, John Heartfield, Raoul Hausmann und Johannes Baader den *Club Dada*. Tzara wechselte mit dem Kriegsende nach Paris und begründete – zusammen mit Breton, Ribemont-Dessaignes, Picabia, Aragon, Soupault, Eluard u. a. – die Pariser DADA-Bewegung, die sich eng mit dem französischen Surrealismus verquickte. Ball aber entfremdete sich dem DADAismus und zog sich mit Emmy Hennings ins Tessin zurück, wo er zum Katholizismus konvertierte und in seinen letzten Lebensjahren – er starb schon 1927 – von der dortigen Bevölkerung als »eine Art von Heiligem« verehrt wurde.

Emmy Hennings

Foto 1913

Emmy Hennings: geb. 17. 1. 1885 in Flensburg; Schauspielerin, Chansonette; Bekanntschaften mit Georg Heym, Ferdinand Hardekopf, Frank Wedekind und Hugo Ball; 1916 mitbeteiligt an der Gründung und an den Aufführungen des *Cabaret Voltaire.* Veröffentlichungen: die Gedichtbände *Die letzte Freude,* 1919, *Helle Nacht,* 1919, der Roman *Gefängnis* und das Tagebuch *Das Brandmal,* 1919; 1920 Heirat mit Hugo Ball; mit ihm gemeinsam Reisen nach Italien und Rückzug in den Tessin; nach Balls Tod: *Hugo Ball's Weg zu Gott,* 1931, und *Ruf und Echo. Mein Leben mit Hugo Ball,* 1953; gest. 10. 8. 1948 in Magliaso im Tessin.

Gesang zur Dämmerung

für Hugo Ball

Oktaven taumeln Echo nach durch graue Jahre.
Hochaufgetürmte Tage stürzen ein.
Dein will ich sein –
Im Grabe wachsen meine gelben Haare
Und in Hollunderbäumen leben fremde Völker
Ein blasser Vorhang raunt von einem Mord
Zwei Augen irren ruhelos durchs Zimmer
Gespenster gehen um beim Küchenbord.
Und kleine Tannen sind verstorbene Kinder
Uralte Eichen sind die Seelen müder Greise
Die flüstern die Geschichte des verfehlten Lebens.
Der Klintekongensee singt eine alte Weise.
Ich war nicht vor dem bösen Blick gefeit
Da krochen Neger aus der Wasserkanne,
Das bunte Bild im Märchenbuch, die rote Hanne
Hat einst verzaubert mich für alle Ewigkeit.

Morfin

Wir warten auf ein letztes Abenteuer
Was kümmert uns der Sonnenschein?
Hochaufgetürmte Tage stürzen ein
Unruhige Nächte – Gebet im Fegefeuer.

Wir lesen auch nicht mehr die Tagespost
Nur manchmal lächeln wir still in die Kissen,
Weil wir alles wissen, und gerissen
Fliegen wir hin und her im Fieberfrost.

Mögen Menschen eilen und streben
Heut fällt der Regen noch trüber
Wir treiben haltlos durchs Leben
Und schlafen, verwirrt, hinüber . . .

Tänzerin

Dir ist als ob ich schon gezeichnet wäre
und auf der Totenliste stünde.
Es hält mich ab von mancher Sünde.
Wie langsam ich am Leben zehre.
Und ängstlich sind oft meine Schritte,
Mein Herz hat einen kranken Schlag
und schwächer wird's mit jedem Tag.
Ein Todesengel steht in meines Zimmers Mitte.
Doch tanz ich bis zur Atemnot.
Bald werde ich im Grabe liegen
Und niemand wird sich an mich schmiegen.
Ach, küssen will ich bis zum Tod.

Ätherstrophen

Jetzt muß ich aus der großen Kugel fallen.
Dabei ist in Paris ein schönes Fest.
Die Menschen sammeln sich am Gare de l'Est
Und bunte Seidenfahnen wallen.
Ich aber bin nicht unter ihnen.
Ich fliege in dem großen Raum.
Ich mische mich in jeden Traum
Und lese in den tausend Mienen.
Es liegt ein kranker Mann in seinem Jammer.
Mich hypnotisiert sein letzter Blick.
Wir sehnen einen Sommertag zurück . . .
Ein schwarzes Kreuz erfüllt die Kammer . . .

Nach dem Cabaret

Ich gehe morgens früh nach Haus.
Die Uhr schlägt fünf, es wird schon hell,
Doch brennt das Licht noch im Hotel.
Das Cabaret ist endlich aus.
In einer Ecke Kinder kauern,
Zum Markte fahren schon die Bauern,
Zur Kirche geht man still und alt.
Vom Turme läuten ernst die Glocken,
Und eine Dirne mit wilden Locken
Irrt noch umher, übernächtig und kalt.
Lieb mich von allen Sünden rein.
Sieh, ich hab manche Nacht gewacht.

Hugo Ball

Foto
1916

Hugo Ball: geb. 22. 2. 1886 in Pirmasens, Studium der Philosophie und Soziologie in München, Heidelberg und Basel, 1910 Regieausbildung bei Max Reinhardt, Dramaturg in Plauen; 1912 Regisseur und Dramaturg an den *Münchener Kammerspielen,* Wegbereiter des expressionistischen Theaters; zugehörig zum Kreis des *Blauen Reiters,* Mitarbeiter an der Zeitschrift *Revolution;* 1915 gemeinsam mit Emmy Hennings Emigration in die Schweiz, 1916 Gründung des *Cabarets Voltaire* und Edition der gleichnamigen Veröffentlichung; ab 1917 Abwendung von Dada-Zürich, bis 1919 als Journalist an der *Freien Zeitung* in Bern tätig. Veröffentlichung: *Zur Kritik der deutschen Intelligenz;* heiratete Emmy Hennings 1920 und zog sich ins Tessin zurück; dort gest. 14. 9. 1927; im Todesjahr erschien sein Tagebuch *Die Flucht aus der Zeit.*

Totentanz 1916

So sterben wir, so sterben wir,
Wir sterben alle Tage,
Weil es so gemütlich sich sterben läßt.
Morgens noch in Schlaf und Traum
Mittags schon dahin.
Abends schon zu unterst im Grabe drin.

Die Schlacht ist unser Freudenhaus.
Von Blut ist unsere Sonne.
Tod ist unser Zeichen und Losungswort.
Kind und Weib verlassen wir –
Was gehen sie uns an?
Wenn man sich auf uns nur
Verlassen kann.

So morden wir, so morden wir.
Wir morden alle Tage
Unsre Kameraden im Totentanz.
Bruder reck dich auf vor mir,
Bruder, deine Brust!
Bruder, der du fallen und sterben mußt.

Wir murren nicht, wir knurren nicht,
Wir schweigen alle Tage,
Bis sich vom Gelenke das Hüftbein dreht.
Hart ist unsere Lagerstatt
Trocken unser Brot.
Blutig und besudelt der liebe Gott.

Wir danken dir, wir danken dir,
Herr Kaiser für die Gnade,
Weil du uns zum sterben erkoren hast.
Schlafe nur, schlaf sanft und still,
bis dich auferweckt,
Unser armer Leib, den der Rasen deckt.

Cabaret

1.
Der Exhibitionist stellt sich gespreizt am Vorhang auf
und Pimpronella reizt ihn mit den roten Unterröcken.
Koko der grüne Gott klatscht laut im Publikum.
Da werden geil die ältesten Sündenböcke.

Tsingtara! Da ist ein langes Blasinstrument.
Daraus fährt eine Speichelfahne. Darauf steht: »Schlange«
Da packen alle ihre Damen in die Geigenkästen ein
und verziehen sich. Da wird ihnen bange.

Am Eingang sitzt die ölige Camödine.
Die schlägt sich die Goldstücke als Flitter in die Schenkel.
Der sticht eine Bogenlampe die Augen aus.
Und das brennende Dach fällt herunter auf ihren Enkel.

2.
Von dem gespitzten Ohr des Esels fängt die Fliegen
ein Clown, der eine andre Heimat hat.
Durch kleine Röhrchen, die sich grünlich biegen,
hat er Verbindung mit Baronen in der Stadt.

In hohen Luftgeleisen, wo sich enharmonisch
die Seile schneiden, drauf man flach entschwirrt,
Versucht ein kleinkalibriges Kamel platonisch
zu klettern; was die Fröhlichkeit verwirrt.

Der Exhibitionist, der je zuvor den Vorhang
bedient hat mit Geduld und Blick für das Douceur,
vergisst urplötzlich den Begebenheitenvorgang
und treibt gequollene Mädchenscharen vor sich her.

Sechs Laut- und Klanggedichte, entstanden 1916

1. Wolken

elomen elomen lefitalominai
wolminuscaio
baumbala bunga
acycam glastula feirofim flinsi

elominuscula pluplubasch
rallalalaio

endremin saxassa flumen flobollala
fellobasch falljada follidi
flumbasch

cerobadadrada
gragluda gligloda glodasch
gluglamen gloglada gleroda glandridi

elomen elomen lefitalominai
wolminuscaio
baumbala bunga
acycam glastala feirofim blisti
elominuscula pluplusch
rallabataio

2. Katzen und Pfauen

baubo sbugi ninga gloffa

siwi faffa
sbugi faffa
olofa fafamo
faufo halja finj

sirgi ninga banja sbugi
halja hanja golja biddim

mâ mâ
piaûpa
mjâma

pawapa baungo sbugi
ninga
gloffalor

3. Totenklage

ombula
take
bitdli
solunkola
tabla tokta tokta takabla
taka tak
Babula m'balam
tak tru — ü
wo — um
biba bimbel
o kla o auw
kla o auwa
la — auma
o kla o ü
la o auma
klinga — o — e — auwa
ome o-auwa
klinga inga M ao — Auwa
omba dij omuff pomo — auwa
tru — ü
tro-u-ü o-a-o-ü
mo-auwa
gomun guma zangaga gago blagaga
szagaglugi m ba-o-auma
szaga szago
szaga la m'blama
bschigi bschigo
bschigi bschigi
bschiggo bschiggo
goggo goggo
ogoggo
a — o — auma

4. Gadji beri bimba

gadji beri bimba glandridi laula lonni cadori
gadjama gramma berida bimbala glandri galassassa
laulitalomini
gadji beri bin blassa glassala laula lonni cadorsu sassala bim
gadjama tuffm i zimzalla binban gligla wowolimai bin beri
ban
o katalominai rhinozerossola hopsamen laulitalomini hoooo
gadjama rhinozerossola hopsamen
bluku terullala blaulala loooo

zimzim urullala zimzim urullala zimzim zanzibar zimzalla
zam
elifantolim brussala bulomen brussala bulomen tromtata
velo da bang bang affalo purzamai affalo purzamai lengado
tor
gadjama bimbalo glandridi glassala zingtata pimpalo
ögrögöööö
viola laxato viola zimbrabim viola uli paluji malooo

tuffm im zimbrabim negramai bumbalo negramai bumbalo
tuffm i zim
gadjama bimbala oo beri gadjama gaga di gadjama affalo pinx
gaga di bumbalo bumbalo gadjamen
gaga di bling blong
gaga blung

KARAWANE

jolifanto bambla ô falli bambla
grossiga m'pfa habla horem
égiga goramen
higo bloiko russula huju
hollaka hollala
anlogo bung
blago bung
blago bung
bosso fataka
ü üü ü
schampa wulla wussa ólobo
hej tatta gôrem
eschige zunbada
wulubu ssubudu uluw ssubudu
tumba ba- umf
kusagauma
ba - umf

6. Seepferdchen und Flugfische

tressli bessli   nebogen   leila
flusch   kata
ballubasch
zack hitti zopp

zack hitti zopp
hitti betzli   betzli
prusch kata
ballubasch
fasch kitti bimm

zitti kitillabi   billabi   billabi
zikko   di zakkobam
fisch   kitti   bisch

bumbalo bumbalo bumbalo bambo
zitti   kitillabi
zack   hitti   zopp

treßli   beßli nebogen grügü
blaulala violabimini bisch
violabimini   bimini bimini
fusch   kata
ballubasch
zick hiti   zopp

Sieben schizophrene Sonette

1. Der grüne König

Wir, Johann, Amadeus Adelgreif,
Fürst von Saprunt und beiderlei Smeraldis,
Erzkaiser über allen Unterschleif
Und Obersäckelmeister von Schmalkaldis

Erheben unsern grimmen Löwenschweif
Und dekretieren vor den leeren Saldis:
»Ihr Räuberhorden, eure Zeit ist reif.
Die Hahnenfeder ab, ihr Garibaldis!

Man sammle alle Blätter unserer Wälder
Und stanze Gold daraus, soviel man mag.
Das ausgedehnte Land braucht neue Gelder.

Und eine Hungersnot liegt klar am Tag.
Sofort versehe man die Schatzbehälter
Mit Blattgold aus dem nächsten Buchenschlag.«

2. Die Erfindung

Als ich zum ersten Male diesen Narren
Mein neues Totenwäglein vorgeführt,
War alle Welt im Leichenhaus gerührt
Von ihren Selbstportraits und anderen Schmarren.

Sie sagten mir: nun wohl, das sei ein Karren,
Jedoch die Räder seien nicht geschmiert,
Auch sei es innen nicht genug verziert
Und schließlich wollten sie mich selbst verscharren.

Sie haben von der Sache nichts begriffen,
Als daß es wurmig zugeht im Geliege
Und wenn ich mich vor Lachen jetzt noch biege,

So ist es, weil sie drum herum gestanden,
Die Pfeife rauchten und den Mut nicht fanden,
Hineinzusteigen in die schwarze Wiege.

3. Der Dorfdadaist

In Schnabelschuhen und im Schnürkorsett
Hat er den Winter überstanden,
Als Schlangenmensch im Teufelskabinett
Gastierte er bei Vorstadtdilletanten.

Nun sich der Frühling wieder eingestellt
Und Frau Natura kräftig promenierte,
Hat ihn die Lappen- und Atrappenwelt
Verdrossen erst und schließlich degoutieret.

Er hat sich eine Laute aufgezimmert
Aus Kistenholz und langen Schneckenschrauben,
Die Saiten rasseln und die Stimme wimmert,
Doch läßt er sich die Illusion nicht rauben.

Er brüllt und johlt, als hinge er am Spieße.
Er schwenkt jucheiend seinen Brautzylinder.
Als Schellenkönig tanzt er auf der Wiese
Zum Purzelbaum der Narren und der Kinder.

4. Der Schizophrene

Ein Opfer der Zerstückung, ganz besessen
Bin ich – wie nennt ihr's doch? – ein Schizophrene.
Ihr wollt, daß ich verschwinde von der Szene,
Um euren eigenen Anblick zu vergessen.

Ich aber werde eure Worte pressen
In des Sonettes dunkle Kantilene.
Es haben meine ätzenden Arsene
Das Blut euch bis zum Herzen schon durchmessen.

Des Tages Licht und der Gewohnheit Dauer
Behüten euch mit einer sichern Mauer
Vor meinem Aberwitz und grellem Wahne.

Doch plötzlich überfällt auch euch die Trauer.
Es rüttelt euch ein unterirdischer Schauer
Und ihr zergeht im Schwunge meiner Fahne.

5. Das Gespenst

Gewöhnlich kommt es, wenn die Lichter brennen.
Es poltert mit den Tellern und den Tassen.
Auf roten Schuhen schlurrt es in den nassen
Geschwenkten Nächten und man hört sein Flennen.

Von Zeit zu Zeit scheint es umherzurennen
Mit Trumpf, Atout und ausgespielten Assen.
Auf Seil und Räder scheint es aufzupassen
Und ist an seinem Lärmen zu erkennen.

Es ist beschäftigt in der Gängelschwemme
Und hochweis weht dann seine erzene Haube,
Auf seinen Fingern zittern Hahnenkämme,

Mit schrillen Glocken kugelt es im Staube.
Dann reißen plötzlich alle wehen Dämme
Und aus der Kuckucksuhr tritt eine Taube.

6. Der Pasquillant

Auch konnt es unserm Scharfsinn nicht entgehen,
Daß ein Herr Geist uns zu bemäkeln pflegt,
Indem er ein Pasquill zusammenträgt,
Das ihm die Winde um die Ohren säen.

Bald kritzelt er, bald hüpft er aufgeregt
Um uns herum, dann bleibt er zuckend stehen
Und reckt den Schwartenhals, um zu erspähen,
Was sich in unserm Kabinett bewegt.

Den Bleistiftstummel hat er ganz zerbissen,
Die Drillichnaht ist hinten aufgeschlissen,
Doch dünkt er sich ein Diplomatenjäger.

De fakto dient bewußter Schlingenleger
Dem Kastellan als Flur- und Straßenfeger
Und hat das Recht die Kübel auszugießen.

7. Intermezzo

Ich bin der große Gaukler Vauvert.
In hundert Flammen lauf ich einher.
Ich knie vor den Altären aus Sand,
Violette Sterne trägt mein Gewand.
Aus meinem Mund geht die Zeit hervor,
Die Menschen umfaß ich mit Auge und Ohr.

Ich bin aus dem Abgrund der falsche Prophet,
Der hinter den Rädern der Sonne steht.
Aus dem Meere, beschworen von dunkler Trompete,
Flieg ich im Dunste der Lügengebete.
Das Tympanum schlag ich mit großem Schall.
Ich hüte die Leichen im Wasserfall.

In bin der Geheimnisse lächelnder Ketzer,
Ein Buchstabenkönig und Alleszerschwätzer.
Hysteria clemens hab ich besungen
In jeder Gestalt ihrer Ausschweifungen.
Ein Spötter, ein Dichter, ein Literat
Streu ich der Worte verfängliche Saat.

Hans Arp

Modigliani: Hans Arp, Zeichnung, 1916

Hans Arp: geb. 16. 9. 1887 in Straßburg; Besuch der dortigen Kunstgewerbeschule und anschließend der Kunstakademie in Weimar und der *Académie Julian* in Paris; 1909 bis 1914 in Weggis/Schweiz; 1911 Mitbegründer *Der moderne Bund;* 1912 Anschluß an den *Blauen Reiter;* 1913 Mitarbeiter an der Zeitschrift *Der Sturm;* 1914/15 in Paris; 1916 Mitbegründer der Züricher Dada-Bewegung; graphische und literarische Arbeiten in den Züricher Dada-Publikationen; Lyrikbände: *Die Wolkenpumpe* und *Der Vogel selbdritt,* 1920, *7 Arpaden,* 1923, *Der Pyramidenrock,* 1924, *Weisst du schwarzt du* 1930; 1920/21 Beteiligung an der Dada-Bewegung in Köln. Fortsetzung s. S. 146.

Aus ›Die Wolkenpumpe‹

lachende tiere schäumen aus eisernen kannen die wolkenwalzen drängen die tiere aus ihren kernen und steinen nackt stehen hufe auf steinalten steinen mäuschenstill bei zweigen und gräten geweihe spiesen schneekugeln auf stühlen galoppieren könige in die berge und predigen das dezemberhorn laßt strohbrücken nieder bringt eisenbriefe lautlos und gut hörbar in der eisflasche gefrieren die turteltauben

nie hat der er den schweißbrüchigen bergwald durch schwarz harz steigen empor und sind leise in feinen lufttreppen in stengeln in der eisernen rüstung des vogels dreht sich das kind über feuerroter troika noch die leichen der engel mit goldenen eggen geeggt noch die büsche mit brennenden vögeln getränkt noch auf wachsschlitten über das gärende sommereis gefahren noch vorhänge aus schwarzen fischen zugezogen noch in kleinen gläsern luft in die kastelle getragen noch vögel aus wasser gestrickt geschweige auf stelzen über die wolken auf säulen über die meere

niemand gewiß den vogellosen stein scharfer schwäne zerbrechen im münzenbürzel die toten gemolkene in schräggestelltem wind klingen der silbernen rippen der buckeligen nebst pfauen im arabischen mantel dies meckern der drachen kikeriki die fleißig schon stricken im lichtabgrund wie die eingebaute braut im holzsalat um die befiederten türme kalorienrocken windrosendrohnen aus der schote rollen die sieben sonnen passion riesenvogel tanzt donner auf der trommel wirft schattenzeiger ins porzellan wer hat die brunnen aufgeschlossen nun fließen die vögel aus den kühlen röhren erdketten ketten die wasserbetten

im januar schneit es graphit in das ziegenfell im februar zeigt sich der strauß aus kreide weißem licht und weißen sternen im märz balzt der würgengel und die ziegel und falter flattern fort und die sterne schaukeln in ihren ringen und die windfangblumen rasseln an ihren ketten und die prinzessinnen singen in ihren nebeltöpfen wer eilt auf kleinen fingern und flügeln den morgenwinden nach

roll nicht von deiner spuhle
sonst bricht dein backsteinzopf
sonst picken dir die winde
die flammen aus dem kropf

sonst fließt aus deinen röhren
der schwarze sternenfisch
und reißt mit seinen krallen
die erstgeburt vom tisch

im meer beginnt es langsam schwarz zu schneien
der euter läutet an dem wasserast
das rad der fische will sich pfeifen leihen
es schminkt sich haar und geht als trüber gast

die wasservögte ankern nach den toten sternen
im winde treibt der leuchtturm fort im sack
die bernsteintiere ziehen ungemolken in die fernen
gefolgt von leckem zwerg und kinderwrack

und nichts beschließt das pauken und das knallen
des meeres eifer und der schwämme schrei
der wind spitzt sich von neuem seine krallen
und hängt sich kapitäne ins geweih

der zwerge dünnes horn erschallt
der blitz will jede laus begatten
die harfe klirrt aus niet und spalt
die schiffe reiten auf den ratten

die luft gerinnt zu schwarzem stein
zermalmt wird schnabel braut und rose
es reißt der sterne ringelreihn
der zirkus stürzt ins bodenlose

Die Schwalbenhode.

1.

weh unser guter kaspar ist tot
wer trägt nun die brennende fahne im zopf wer dreht die kaffeemühle
wer lockt das idyllische reh
auf dem meer verwirrte er die schiffe mit dem wörtchen parapluie und die winde nannte er bienenvater
weh weh weh unser guter kaspar ist tot heiliger bimbam kaspar ist tot
die heufische klappern in den glocken wenn man seinen vornamen ausspricht darum seufze ich weiter kaspar kaspar kaspar
warum bist du ein stern geworden oder eine kette aus wasser an einem heißen wirbelwind oder ein euter aus schwarzem licht oder ein durchsichtiger ziegel an der stöhnenden trommel des felsigen wesens
jetzt vertrocknen unsere scheitel und sohlen und die feen liegen halbverkohlt auf den scheiterhaufen

2.

jetzt donnert hinter der sonne
die schwarze kegelbahn und keiner zieht mehr die kompasse und die räder der schiebkarren auf
wer ißt nun mit der ratte am einsamen tisch wer verjagt den teufel wenn er die pferde verführen will wer erklärt uns die monogramme in den sternen
seine büste wird die kamine aller wahrhaft edlen menschen zieren doch das ist kein trost und schnupftabak für einen totenkopf

3.

auf den wasserkanzeln bewegten die kaskadeure ihre fähnchen wie figura 5 zeigt
die abenteurer mit falschen bärten und diamantenen hufen bestiegen vermittels aufgeblasener walfischhäute schneiend das podium
der große geisterlöwe harun al raschid sprich harung al radi

gähnte dreimal und zeigte seine vom rauchen schwarz
gewordenen zähne
die merzerisierten klapperschlangen wickelten sich von ihren
spulen mähten ihr getreide und verschlossen es in steine
aus dem saum des todes traten die augen der jungen sterne
nach der geißelung auf der sonnenbacke tanzten die hufe des
esels auf flaschenköpfen
die toten fielen wie flocken von den ledernen türmen
wieviel totengerippe drehten die räder der tore
als der wasserfall dreimal gekräht hatte erblich seine tapete bis
auf das blut und die matrosenmatrize zersprang
aus der tiefe stiegen die schränke und breiteten ihre anker aus
endlich wagte das meer die ohnmacht der bittern kompasse
die glitzernden engel drehten sich in ihren angeln
die gläsernen eulen reichten sich den tod von schnabel zu
schnabel
die vögel hingen ihre glasschweife wie wasserfälle aus den
felsen
die bäuerinnen trugen ausgebrannte ausgestopfte sonnen in
ihrem haar den bäuerinnen nur in ihren kröpfen nur in
ihren nickhäuten nur in ihrer lieben kleinen stadt jeru-
salem wachspuppen auszusetzen erlaubt war

4.

die edelfrau pumpt feierlich wolken in säcke aus leder und
stein
lautlos winden riesenkräne trillernde lerchen in den himmel
die sandtürme sind mit wattepuppen verstopft
in den schleusen stauen sich ammonshörner diskusse und
mühlsteine
die schiffe heißen hans und grete und fahren ahnungslos
weiter
der drache trägt die inschrift kunigundula und wird an der
leine geführt
den städten sind die füße abgesägt
den kirchtürmen nur volle bewegungsfreiheit in den kellern
gegeben
darum sind wir auch nicht verpflichtet die krallen hörner und
wetterfahnen zu putzen

5.

obwohl der mond mir wie ein spiegel gegenüberhängt
schmerzt mich der engel im auge
auf den tischen laufen die sämereien auf und pochst du an die pflanzen so springen ihre blumen hervor
die löwen verenden vor ihren schilderhäusern mit gießkannen voll diamanten zwischen den krallen
die führer tragen schürzen aus holz

die vögel tragen schuhe aus holz
die vögel sind voll widerhall
unaufhörlich rollen ihnen die eier aus ihren kleinen herzen
ihr scheitel trägt den himmelsmast
ihre sohlen stehen auf schreitenden flammen
reißt die schneekette so rufen sie den herrgott an
senkt sich das himmelsrad so treten ihre hufe auf schwarze körner

im januar schneit es graphit in das ziegenfell
im februar zeigt sich der strauß aus kreideweißem licht und weißen sternen
im märz balzt der würgengel und die ziegel und falter flattern fort
und die sterne schaukeln in ihren ringen
und die windfangblumen rasseln in ihren ketten
und die prinzessinnen singen in ihren nebeltöpfen
wer eilt auf kleinen fingern und flügeln den morgenwinden nach

Die Schwalbenhode, 4.

Tapa tapa tapa
Pata pata
Maurulam katapultilem i lamm
Haba habs tapa
Mesopotaminem masculini
Bosco & belachini
Haba habs tapa
Woge du welle
Haha haha

Opus Null

1

Ich bin der große Derdiedas
das rigorose Regiment
der Ozonstengel prima Qua
der anonyme Einprozent.

Das P. P. Tit. und auch die Po
Posaune ohne Mund und Loch
das große Herkulesgeschirr
der linke Fuß vom rechten Koch.

In bin der lange Lebenslang
der zwölfte Sinn im Eierstock
der insgesamte Augustin
im lichten Zelluloserock.

2

Er zieht aus seinem schwarzen Sarg
um Sarg um Sarg um Sarg hervor.
Er weint mit seinem Vorderteil
und wickelt sich in Trauerflor.

Halb Zauberer halb Dirigent
taktiert er ohne Alpenstock
sein grünes Ziffernblatt am Hut
und fällt von seinem Kutscherbock.

Dabei stößt er den Ghettofisch
von der möblierten Staffelei.
Sein langer Würfelstrumpf zerreißt
zweimal entzwei dreimal entdrei.

3

Er sitzt mit sich in einem Kreis.
Der Kreis sitzt mit dem eignen Leib.
Ein Sack mit einem Kamm der steht
dient ihm als Sofa und als Weib.

Der eigne Leib der eigne Sack.
Der Vonvon und die linke Haut.
Und tick und tack und tipp und topp
der eigne Leib fällt aus der Braut.

Er schwingt als Pfund aus seinem Stein
die eigne Braut im eignen Sack.
Der eigne Leib im eignen Kreis
fällt nackt als Sofa aus dem Frack.

4

Mit seiner Dampfmaschine treibt
er Hut um Hut aus seinem Hut
und stellt sie auf in Ringelreihn
wie man es mit Soldaten tut.

Dann grüßt er sie mit seinem Hut
der dreimal grüßt mit einem du.
Das traute sie vom Kakasie
ersetzt er durch das Kakadu.

Er sieht sie nicht und grüßt sie doch
er sie mit sich und läuft um sich.
Die Hüte inbegriffen sind
und deckt den Deckel ab vom Ich.

Richard Huelsenbeck

Marcel Janco:
Richard Huelsenbeck,
Zeichnung 1916

Richard Huelsenbeck: geb. 23. 4. 1892 in Frankenau/Hessen; Medizinstudium in Paris, Zürich, Berlin, Greifswald, Münster und München, anschließend Studium der Germanistik, Kunstgeschichte und Philosophie; im expressionistischen Stil Mitarbeit an der *Aktion;* aus pazifistischen Gründen Februar 1916 Emigration nach Zürich, dort Mitwirkender im *Cabaret Voltaire;* plädiert für die Verstärkung des rhythmischen Elements, »möchte am liebsten die Literatur in Grund und Boden trommeln« (Ball); Veröffentlichungen: die Gedichtbände *Schalaben, Schalomai, Schalamezomai,* 1916, und *Phantastische Gebete,* 1918, die Novellen *Verwandlungen* und *Azteken oder Knallbude,* beide 1918; Januar 1917 Rückkehr nach Berlin . . . Fortsetzung s. S. 87.

Der Idiot

Die grauen Kiemen sind herabgelassen
die Ohren weit und mühsam aufgesperrt;
Aus Augen blöd auf ungeheure Massen
von Welten starrend. Exkrement der Rassen.

Um ihn sie klappern mit den Tischgeräten,
mit roten Tüchern reizen sie den Stier;
Er aber sinkt und schwimmt, von hier
entfernt auf blauen Tulpenbeeten.

Die Ampel ist vor seiner Nase aufgehängt;
Er rührt sie kaum die langen Affenarme,
er brüllt im Lachen doch er scheint gedrängt
zur Wehmut und zum allertiefsten Harme.

In Kirchen sind die roten Teppiche gehängt;
Ein Priester, geil, will ihn mit Pinseln waschen.
Da brennt der Wagen. Die Beamten haschen
vor dem Altar ihn, wo die Kerzen schlendern.

Er stemmt die Arme gegen feste Riemen,
die Ziemer knacken, hart sind Eisenstangen,
und Wände, die im Tanze ihn umsprangen,
zerreissen die herabgelassenen Kiemen.

Ein Kolibri sitzt zwitschernd auf dem Aas,
die Zweige streicheln sorgsam seine Beine,
die aufgereckt wie Wegweiser aus seinem
Bauche glotzen. Im blanken Sonnenscheine.

Mistkäfer gröhlen tief in seinen Lenden;
Die haben sich am Eiter, warm, bezecht.
Ein Bauernkind wirft Steine nach den Enden
seiner Zehen. Auf ihn scheisst ein Knecht.

Ende der Welt

Soweit ist es nun tatsächlich mit dieser Welt gekommen
Auf den Telegraphenstangen sitzen die Kühe und spielen
Schach
So melancholisch singt der Kakadu unter den Röcken der
spanischen Tänzerin wie ein Stabstrompeter
und die Kanonen jammern
den ganzen Tag
Das ist die Landschaft in Lila von der Herr Mayer sprach als
er das Auge verlor
Nur mit der Feuerwehr ist die Nachtmahr aus dem Salon zu
vertreiben
aber alle Schläuche sind entzwei
Ja ja Sonja da sehen Sie die Zelluloidpuppe als Wechselbalg
an und schreien: God save the king
Der ganze Monistenbund ist auf dem Dampfer »Meyerbeer«
versammelt
doch nur der Steuermann hat eine Ahnung vom hohen C
Ich ziehe den anatomischen Atlas aus meiner Zehe
ein ernsthaftes Studium beginnt
Habt Ihr die Fische gesehen die im Cutaway vor der Opera
stehen
schon zween Nächte und zween Tage?
Ach Ach Ihr großen Teufel – ach ach Ihr Imker und
Platzkommandanten
Wille wau wau wau Wille wo wo wo wer weiß heute nicht
was unser Vater Homer gedichtet hat
Ich halte den Krieg und den Frieden in meiner Toga aber ich
entscheide mich für den Cherry-Brandy flip
Heute weiß keiner ob er morgen gewesen ist
Mit dem Sargdeckel schlägt man den Takt dazu
Wenn doch nur einer den Mut hätte der Trambahn die
Schwanzfedern auszureißen es ist eine große Zeit
Die Zoologieprofessoren sammeln sich im Wiesengrund
Sie wehren den Regenbogen mit den Handtellern ab
Der große Magier legt die Tomaten auf seine Stirn
Füllest wieder Busch und Schloß
Pfeift der Rehbock hüpft das Roß
[Wer sollte da nicht blödsinnig werden]

Ebene

Ebene
Schweinsblase Kesselpauke Zinnober cru cru cru
Theosophia pneumatica
die große Geistkunst = poème bruitiste aufgeführt
zum erstenmal durch Richard Huelsenbeck DaDa
oder oder birribum birribum saust der Ochs im Kreis herum
oder Bohraufträge für leichte Wurfminen-Rohlinge 7,6 cm
Chauceur Beteiligung Soda calc. 98/100%
Vorstehund damo birridamo holla di funga qualla di mango
    damai da dai umbala damo
brrs pffi commencer Abrr Kpppi commence Anfang Anfang
sei hei fe da heim gefragt
Arbeit
Arbeit
brä brä brä brä brä brä brä brä brä
sokobauno sokobauno sokobauno
Schikaneder Schikaneder Schikaneder
dick werden die Ascheneimer sokobauno sokobauno
die Toten steigen daraus Kränze von Fackeln um den Kopf
sehet die Pferde wie sie gebückt sind über die Regentonnen
sehet die Parafinflüsse fallen aus den Hörnern des Monds
sehet den See Orizunde wie er die Zeitung liest und das Beefsteak verspeist
sehet den Knochenfraß sokobauno sokobauno
sehet den Mutterkuchen wie er schreiet in den Schmetterlingsnetzen der Gymnasiasten
sokobauno sokobauno
es schließet der Pfarrer den Ho-osenlatz rataplan rataplan
    den Ho-osenlatz und das Haar steht ihm au-aus den Ohren
vom Himmel fä-ällt das Bockskatapult das Bockskatapult
    und die Großmutter lüpfet den Busen
wir blasen das Mehl von der Zunge und schrein und es
    wandert der Kopf auf dem Giebel
es schließet der Pfarrer den Ho-osenlatz rataplan rataplan
    den Ho-osenlatz und das Haar steht ihm au-aus den Ohren

vom Himmel fällt das Bockskatapult das Bockskatapult und
die Großmutter lüpfet den Busen
wir blasen das Mehl von der Zunge und schrein und es
wandert der Kopf auf dem Giebel
Dratkopfgametot ibn ben zakalupp wauwoi zakalupp
Steißbein knallblasen
verschwitzt hat o Pfaffengekrös Himmelseverin
Geschwür im Gelenk
balu blau immer blau Blumenpoet vergilbt das Geweih
Bier bar obibor
baumabor botschon ortitschell seviglia o ca sa ca ca sa ca ca
sa ca ca sa ca ca sa ca ca sa
Schierling in Haut gepurpur schwillt auf Würmlein und Affe
hat Hand und Gesäß
O tscha tschipulala o ta Mpota Mengen
Mengulala mengulala kulilibulala
Bamboscha bambosch
es schließet der Pfarrer den Ho-osenlatz rataplan rataplan
den Ho-osenlatz und das Haar steht ihm au-aus den
Ohren
Tschupurawanta burruh pupaganda burruh
Ischarimunga burruh den Ho-osenlatz den Ho-osenlatz
kampampa kamo den Ho-osenlatz den Ho-osenlatz
katapena kamo katapena kara
Tschuwuparanta da umba da umba da do
da umba da umba da umba hihi
den Ho-osenlatz den Ho-osenlatz
Mpala das Glas der Eckzahn trara
katapena kara der Dichter der Dichter katapena tafu
Mfunga Mpala Mfunga Koel
Dytiramba toro und der Ochs und der Ochs und die Zehe
voll Grünspan am Ofen
Mpala tano mpala tano mpala tano mpala tano ojoho mpala
tano mpala tano ja tano ja tano ja tano o den Ho-osenlatz
Mpala Zufanga Mfischa Daboscha Karamba juboscha daba
eloe

Dada-Gedicht

I

Auf den großen Plätzen stehen die Weiden,
Schon seit Wochen sind die Messer gewetzt,
Wolken und Donnerschlag überstehen die Zeit,
Wo sind die Flüsse, die wir uns geschenkt?
Wo sind die Mützen, die wir uns gestülpt?
Wo ist der Weihnachtsbaum, der vom Wurm benagt,
dem Allerheiligsten sich verband und die Kinder erfreut . . .?
Hier schreit der Mullah von hoher Warte in
siedender Stadt, und die Fische sind faul,
und die Menschen, die sie aßen, sind faul
und die Bäuche, wie Fischbäuche, blau und
glänzend, so stehen sie da, und der Tod ist nah.
Viele Wochen gingen wir barfuß durch Wüsten
und Wald, um das Meer zu sehen und die Einsamkeit
zu fliehen, die sich mit Stern und Stumpf auf uns gesenkt hat.
Wir sammelten Groschen, uns zu ernähren, wir
kauften das Billet für das Wüstenroß, Kamel genannt,
und der Peitsche Schwung war unser Gast.
Wir hatten viele berühmte Gäste, darunter
Wanzen und Flöhe, mit dem heiligen Zeichen auf dem
Bauch, und wir kauften Flohwasser, sie zu nähren.
Als wir in die große Stadt kamen, sagten die Flöhe Halt.
Und wir standen mit Halt und Huhn, gewickelt und
gespornt und bereit, das Wesen zu ergründen.
Wir sind geworden wie wir waren, sagte der Mann,
der auf einem Bein der Tiefe Zechkumpan war.
Wir waren, was wir geworden sind, sagte ich.
Dann nahm ich die Zeitung und wickelte alles ein.
Dann kam der Mann und wickelte alles aus, und
ein Soldat stellte sich schützend vor uns,
der Gefahr ein kluges Ohr leihend.
Dies war die Zeit, als die Flut stieg und die
Zeit sich drehte und die Palmen fielen wie Heu.

Dies war die Zeit des großen Brandes, als der Brand-
atem die Dinge verstellte und der Verstellung genug

die Menschen anfiel, die von Fliegen und Wind bedroht, sich dem Ewigen hingaben.

II

Kaum hatten wir dem Mann die Hosen abgezogen, stand er da, in Fülle und erstaunt über soviel Begeisterung und er sagte errötend: »Wie können Sie?« Und wir sagten, wer will der kann auch, und die beste Tugend ist Tüchtigkeit, wenn man es richtig ansieht. Und der Mann sagte, es sei gut und wir schüttelten uns die Hände.

Dies war die Zeit, als der Glocken Singsang die Sünder betörte, und sie traten aus dem Haus, die Brillen wegwerfend, und sie warfen die Krücken fort, und als die Krücken fort waren, warfen sie die Tücher fort, die rosafarbenen und die fliederfarbenen Halskravatten, und als die fliederfarbenen Halskravatten fort waren, warfen sie sich selber fort und sich fortwerfend warfen sie sich vorwärts. Und wir trafen sie auf dem Markt, wo die Fahnen den Kaiser begrüßten.

Der Kaiser war ein junger Mann und er hatte die Welt unter sich und er trug den Reichsapfel wie ein Bruchband als aufrechter Mann, der er war. Und er sagte, er sei so aufrecht, wie es sich machen ließ und er hielt den Reichsapfel hoch gegen das Volk bis zum Adamsapfel, und das Volk warf ihm Äpfel zu, und alle freuten sich über die Äpfel.

Und der Mann, dem wir die Hosen abgezogen hatten, stand da und betrachtete sein Schicksal. »Es ist Schwefel in der Luft‹ sagte er »und die Flüsse ringeln sich fort, dem Horizont zu. Und die Häuser knistern in der Sonne und Wind und die Menschen stehen zusammen wie Frösche im Teich, und alles steht zusammen.«

Und wir nahmen uns die Freiheit und wir sprachen zu ihm, während die Jünger herumstanden und das allgemeine Los der Menschheit beklagten. Und eine Frau zog Brötchen aus ihrem Korb und sie sagte »Aha« Und wir alle sagten: »Aha«.

Dies war die Zeit, als die Jahre schwarz wurden und silbern im Schein der Unendlichkeit und das rötliche Licht verblaßte und der Gesang der Sterne war es nicht mehr.

III

Man fand die Toten in einem gemeinsamen Grab,
das gegen den Berg lag und der Sonne entwunden.
Der Ozean schüttelte seine gischtigen Fäuste und der
Wind, im Observatorium registriert, kam von Zeit zu Zeit,
ein Besucher der Grashalme, ein Beküsser der Palmen.
Dort, wo die Weite anfängt, gibt es keine Tränen, und
die Knochen der Maulesel sind gut genug für die
Kinder, sich damit zu bewerfen. Dung und Dreck füllt
die Welt der Hoffnung, und der Abend ist wie ein Vor-
hang in einem Bordell. Es ist nicht das Bordell in der
Rue d'Hanovre, wo einst Eduard der Siebente vor goldenen
Huren sich beugte, und er steckte sein Szepter unter
das Bett. Bist Du ein König oder ein Kaiser, fragte
Suzette und sie nahm den roten Pantoffel unter ihrem
Kleid, seine Wange zu schlagen.
Ich bin wie ein Maulesel, sagte der Mann und habe die
Wünsche eines Maulesels, morgends wiehere ich laut und
gegen Abend, wenn die Sonne der Baracken Zinndach ver-
goldet, suche ich nach meinem Weib. Sie ist die Mauleselin.

Ich habe viele Mauleselinnen in meinem Leben getroffen,
sagte der Maulesel, aber sie ist die schönste von allen
und sie riecht nicht wie Mauleselinnen tuen, nach trockener
Haut und unverdauten Kräutern.

Wir essen Disteln zum Abend und sie kocht sie in großem
silbernem Topf auf heißen Steinen. Sie werden mit Rat-
ten gewürzt und mit Fröschen gespeist. Lehm, Thymian und
Myrrhen sind die Zutaten und vielleicht ein kleines
Zitroneneis hinterher. Aber dies überlassen wir dem
Zufall und der Börse.

Das Schicksal der Wesen aller Art, sagte der Maulesel, liegt in seinen Hufen. Halte sie blank und Dir wird wohl sein. So sprachen wir noch eine Zeitlang, bis die Kälte mir hinter den Schlips kroch, und die Sanddünen in der Weite erschienen mir plötzlich wie kleine Eisberge, verschiebbar und aufzudrehn wie ein Spielzeug für Kinder.

Dies war die Zeit, als der Missionar Stübel, der so sehr auf Gott gehofft hatte, an einem Leberleiden erkrankte, und er war im Zweifel, ob er Gott oder das Schicksal anklagen sollte. Er zählte ab, an den Knöpfen seines Nachtgewandes, aber sein Herz, müde und zerzaust von der Wucht jahrelanger Illusionen,
gab nach wie eine Hecke, die der Wind umlegt, und er starb, so wie er gelebt hatte, ohne Kommen und ohne Gehen, ohne Sinn und Verstand.

IV

Ich will nichts mehr sehen als Dich, wenn ich sehe, aber wenn das Ende des Sehens kommt, sehe ich Dich nicht. So stehe ich, wie ich sehe und was ich stehe, muß ich sehen.
Als wir dies sagten, fiel der Donner über die Stadt, und als der Donner kam, sagten die Menschen »Aha«.

Das ist die gute Zeit, wo ein Aha dem anderen folgt, aber es gab auch Zeiten, wo man sagte, daß dem Nachsagen nichts vorgesagt werden könnte.

Die Menschen standen auf Märkten und handelten mit faulen Fischen und die Trödler beherrschten die Welt. Das war die Zeit der Pastöre und Komödianten, und die Komödien spielten Tag und Nacht. Und die Menschen wußten nichts zu sagen als »Aha«.

Der blaue Dunst machte sich breit, wohlbekannt den Ingenieuren, die dem blauen Dunst nachhalfen in

Farbe und Form. Und in den Zeitungen wünschten die Schreiber Glück dem gewaltigen Experimente des blauen Dunstes, und so – eines Tages, als sie alle zusammenstanden, blau und Dunst und blauer Dunst und alle die anderen, die mit Windeseile gekommen waren und als man der Verbeugung nachging und die Reverenz vor dem Ungekannten die Allgemeinheit erschreckte, da geschah das große »Aha«.

Und die Trompeten, mit gewaltigen Fürzen, ließen das blaue Dunstlied aus, und die metallenen Hälse der Instrumente bogen sich in Freude und die Dankbarkeit war allgemein

Dies war das blaue Dunstjahr und die Kinder gingen auf ihren rosigen Zehen und in weißgestärkten Kleidern durch die blaue Dunststadt, die sich allem öffnete wie eine Tulpe. Die Menschen trugen Tulpen um ihre Hälse gewickelt und der Tulpen war ein großer blauer Dunst überall.

Dies war das Jahr, wo alles ineinanderfiel und das große Knittern begann. Von den Ecken brach es ab wie morscher Kuchen und das gelbe Faserholz faserte aus.

V

Auf den Schiffen fuhren wir lange und die See war rot und die Sonne am Tag und die Sterne nachts, Sonne und Erde, rote Gesellen, und wir fuhren durch Tang und der Duft des Wassers und die Tiefe der See, aha, irgendwo braust ein neuer Sturm, der alles glattfegen wird.

Die Sonnen sind wie feurige Kreisel und die Sterne als wären sie dem Bauch der Nacht entfallen, glitzernd, nervöse Steine, schnaubende Nüstern der Unendlichkeit. So fahren wir unter den Füßen Gottes, gewaltige Grotte und Schatten, der uns verhängt ist, und wir singen.

Der Kapitän, mit Namen Alex singt auf dem Vorderdeck,
und er legt die Hand an den Adamsapfel, als wolle er
sich die Haut vom Hals reißen, aber nur die Uniform
fällt, und ein weißer Hals, Schwan und Schwindel, erscheint,
ein Kinderhals, der vergangene Tage zurückruft.

Einst, vor vierzig und mehr mühevollen Jahren, spielte
der Kapitän im Garten des Hauses und die Mutter
sagte »Aha«, und der Kapitän sagte »Aha«, und so
wurde aus Abend und Morgen der erste Tag.

Wenn das Rote sich dem Gelben vermengt, entsteht das Land,
und die Indianer tanzen mit wunden Füßen auf
den bewegten Kieseln, noch warm vom Bauch der Krokodile,
und da, wo der Kahn lag, ist nun ein Abdruck, als hätte
ein Riese die Erde gestampft. Sand und Soda sind
die Spielgesellen der Indianer, die den Kopfputz aus
Sellerie stolz zur Schau tragen.

»Seht, Freunde, ein Schiff«, sagte der Häuptling, als er
den Tabak aus den Ohren spuckte, verkrümmt von Rheuma,
und vom Krebs, der ihm den Bauch wölbt, und kein Magier
kann ihm mehr helfen. »Seht ein Schiff« sagte er.
Und die Indianer sagten »Aha«.

Und sie standen alle auf, in Reihen, die metallenen Ge-
lenke schüttelnd, und das Zinnober, sorgfältig gesucht,
fiel von ihrem Gesicht, und die Federn begannen zu
zwitschern, Kolibrifedern, grün und schillernd, von
Vogelschwänzen gezupft. Und alle sagten »Aha«.

Schalaben – schalabai – schalamezomai

Die Köpfe der Pferde schwimmen auf der blauen Ebene
wie große dunkle Purpurblumen
des Mondes helle Scheibe ist umgeben von den Schreien
der Kometen Sterne und Gletscherpuppen
schalaben schalabai schalamezomai
Kananiter und Janitscharen kämpfen einen großen
Kampf am Ufer des roten Meeres
die Himmel ziehen die Fahnen ein die Himmel ver-
schieben die Glasdächer über dem Kampf der hellen
Rüstungen
O ihr feierlichen Schatten Therebinten und Pfeifenkraut
o ihr feierlichen Beter des großen Gottes
hinter den Schleiern singen die Pferde das Loblied des
großen Gottes
schalaben schalabai schalamezomai
das Ohr des großen Gottes hängt über den Streitern
als eine Schale aus Glas
die Schreie der Kometen wandern in der Schale aus
Glas über den Ländern über dem Kampf über dem
endlosen Streite
die Hand des Gottes ist so schön wie die Hand meiner
Geliebten
schalaben schalaben schalamezomai
es trocknet das Gras im Leibe des Generals
auf hohen Stühlen seht sitzen die Schatten der Mitter-
nachtssonne
und die Weiße des nahen Meers und den harten Klang
der Stürme die der Vulkan ausbrach
so Gott seinen Mund auftut fallen die Schabracken und kost-
baren Zäume von dem Rücken des Reittiers
so Gott seinen Mund auftut brechen die Brunnen der Tiefe auf
die Gehängten spielen am Waldrand die
Köpfe der Pferde aber hängen am Wogenkamm
schalaben schalaben schalamezomai
ai ai ai Ich sah einen Thron ich sitz in zehn Thronsesseln
ich sah zehn mal zehn Thronsessel und Königssitze
ich sah die Tiere des Erdkreises und die Metallvögel
des Himmels singen das unendliche Loblied des Herrn

der Phosphor leuchtet im Kopf der Besessenen schala
mezomai
und die Säue stürzen in den See der Lamana heißt
schlage an deine Brust die aus Gummi ist laß flattern
deine Zunge über die Horizonte hin
wedele mit deinen Ohren so die Eisgrotte zerbricht
ich sehe die Leiber der Toten über die Teppiche zerstreut
die Toten fallen von den Kirchtürmen und das Volk
schreiet zur Stunde des Gerichts
ich sehe die Toten reiten auf den Baßtrompeten am
Tage des Monds
rot rot sind die Köpfe der Pferde die in der Ebene
schwimmen

Das indianische Meer und die ganz rote Sonne

Höher hinauf stieg alles alles versank in der Höhe
große Pupillen drehen sich rasselnd auf den Galerien aus
Zedernholz
in meinem Atem wandern die Tannenbäume wie Staukörner
Drehorgelklang fällt aus dem Maul der Elephanten in der
Nacht
jemand schrie aber um die elfte Stunde: hebet die Röcke
schüttet die Hosen aus nehmet die Kesselpauke aus dem
Kniegelenk laßt fallen die Kaffeetassen von der Höhe der
Brust
OJOHO OJOHO aus den Kloaken krochen die Heere der
jungen Seekühe
alles zerbrach um den Mond hier aber saßen die ausgestopf-
ten Vögel auf langen Messingstangen
alles zerflatterte und aus der Purpurlaube stieg der Donner-
schlag
o höret mein Gebet ihr Steißjungfern und Rattenfänger
o höret mein Gebet ihr Masseusen und Seeigel die ihr auf der
Spitze der Fontänen reitet in der Pracht eurer Gewänder
die Mandarinen sind da und haben ihr Fett zum Trocknen

aufgehängt
o haibjukutuolamaturrubsk zerripstipipp zerripstipipp
tallubolala tallubolala zerripstipippstipipp
denn von dem Tour Eiffel fallen die Pfarrer und Forsteleven
in ihren rosenroten Uniformen
schweflige Dämpfe steigen aus den Kadavern die die Flüsse
hinab schwimmen
alles wölbte sich hoch alles verlor seinen Sand und tanzte im
Aeroplan
die schwarzen Stücke brechen aus dem Genick die Fülle
spannet sich aus
das Schwarze spannet sich aus und singt das Singen spannet
sich aus
tallubolala tallubolala o höret mein Gebet
sehet meinen Kehlkopf aus Glanzpapier und Bienenwachs
die zwölf Erschossenen umtanzen den Kuhhirten der taub-
stumm ist
zwischen meinen Schulterblättern wandert Tzara der Dichter
Tzara der Dichter wandert mit Zylinder und Parapluie mit
Parapluie und Zylinder wandert Tzara der Dichter
er wischt sich den Schweiß von seiner Stirn
er reißt sich den Lorbeerkranz von seinem Bein
o Tzara o o Embryo o Haupt voll Blut und Wunden

Hans Arp, Titelillustration zu den *Phantastischen Gebeten*, 1916

Die Primitiven

«indigo indigo
«Trambahn Schlafsack
«Wanz und Floh
«indigo indigai
«umbaliska
«bumm DADAI

Chorus sanctus

a a o	a e i	i i i	o i i
u u o	u u e	u i e	a a i
ha dzk	drrr bn	obn br	buß bum
ha haha	hihihi	lilili	leiomen

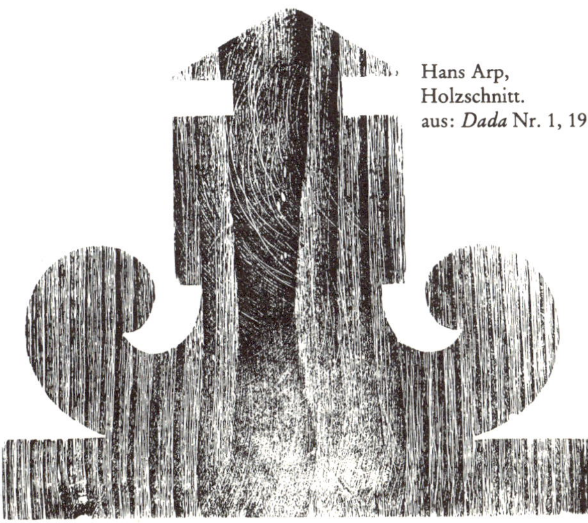

Hans Arp,
Holzschnitt.
aus: *Dada* Nr. 1, 1917

Tristan Tzara

Foto
1917

Tristan Tzara (eigentl. Sami Rosenstock): geb. 4. 4. 1896 in Moinesti/Rumänien; lebte mit seiner Familie seit 1914 in Zürich; beabsichtigtes Mathematik-Studium; Bekanntschaft mit Marcel Janco, Hugo Ball und Hans Arp schon vor Gründung des *Cabaret Voltaire,* zu dessen aktivsten Mitgliedern er zählte; gab Anstoß zur Beschäftigung mit sog. ›Negerpoesie‹, beteiligt an der Erfindung des Simultangedichts; Hrsg. der *Collection Dada* (in ihr die eigenen Veröffentlichungen: *Vingtcinq poèms, La Première aventure céleste de Monsieur Antipyrine,* beide 1916) und der Zeitschrift *Dada* 1917 ff; Verbindungen zu Dada-Berlin, seine *Chronique Zurichoise 1915–1919* erschien 1920 im *Dada-Almanach* . . . Fortsetzung s. S. 170.

La Revue Dada 2

pour Marcel Janko

Cinq négresses dans un auto
ont explodé suivant les 5 directions de mes doigts
quand je pose la main sur la poitrine pour prier Dieu (parfois)
autour de ma tête il y a la lumière humide des vieux oiseaux
    lunaires
l'auréole verte des saints autour des évasions cérebrales
tralalalalalalalalalala
qu'on voit maintenant crever dans les obus

il y a un jeune homme qui mange ses poumons
puis il a la diarhée
puis il fait un pet lumineux
comme un retour d'oiseaux qu'on chante dans les poésies
comme la mort jaillie des canons
il fit un pet si lumineux que la maison devint minuit
les très grand voilier ouvrit son livre comme un ange ce-
pendant on a fixé tes feuilles, printemps, comme une belle page
dans la typographie
zoumbaï zoumbaï zoumbaï di
votre dessin dans mes intestins a mangé le mal et le bien

surtout le mal comme la joie du général
car depuis j'ai peur les rats rongent l'église sans serviteur j'ai
    transporté les draperies et il y avait sur chaqu'une notre
    Seigneur et sur chaque seigneur il y avait mon cœur
mon cœur je l'ai donné pourboire hihi

(Seht mich gut an!)

Seht mich gut an!
Ich bin idiotisch, ich bin ein Possenreißer, ich bin ein Spaßvogel. Seht mich gut an!
Ich bin häßlich, mein Gesicht hat keinen Ausdruck, ich bin klein.
Ich bin wie Ihr alle!(1)
Aber fragt Euch, bevor Ihr mich anseht, ob die Iris, durch die Ihr Pfeile flüssigen Gefühls hinausschickt, keine Fliegenkacke ist, ob die Augen Eures Bauches keine Tumorschnitte sind, deren Blicke einmal irgendeinen Teil Eures Körpers als Tripperausfluss verlassen hat.

Ihr seht mit Eurem Nabel - warum versteckt Ihr vor ihm das lächerliche Spektakel, das wir ihm anbieten? Und weiter unten, Frauengeschlechtsorgane, mit Zähnen, die alles verschlingen — die Poesie der Ewigkeit, die Liebe, die reine Liebe natürlich die blutigen Beefsteaks und die Ölmalerei. Alle, die betrachten und verstehen, ordnen sich leicht zwischen Poesie und Liebe, zwischen Beefsteak und Malerei ein. Sie werden verdaut, sie werden verdaut. Ich bin neulich angeklagt worden, Pelze gestohlen zu haben. Vermutlich, weil man mich immer noch unter den Poeten glaubte. Unter diesen Poeten, die ihre legitimen Bedürfnisse nach kalter Onanie in warmen Pelzen befriedigen: Hahu, ich kenne andere Vergnügen, genauso platonisch. Ruft Eure Familie an und pißt in das Loch, das für musikalische, gastronomische und heilige Dummheiten reserviert ist.

DADA schlägt 2 Lösungen vor:
KEINE BLICKE MEHR!
KEINE WORTE MEHR! (2)
Sehen Sie nicht mehr!
Sprechen Sie nicht mehr!

Denn ich, Chamäleon Veränderung Infiltration mit bequemem Verhalten — bunte Meinungen für jede Gelegenheit Ausmaß und Preis — mache das Gegenteil von dem, was ich anderen vorschlage (3).

ich habe etwas vergessen:
wo? warum? wie?
das heißt:
Ventilator kalter Beispiele benutzt die zerbrechliche Schlange als Kavalkade und ich habe nie das Vergnügen gehabt, Sie zu sehen, my dear, das straffe Ohr kommt von sich aus aus der Hülle wie alle Seelieferungen und Produkte der Firma Aa & Co das Kaugummi zum Beispiel und die Hunde haben blaue Augen, ich trinke den Kamillentee, sie trinken den Wind, Dada führt neue Standpunkte ein, man sitzt jetzt an den Tischecken in etwas nach links und nach rechts verschobenen Haltungen, deswegen habe ich mich mit Dada verkracht, verlangt überall die Abschaffung der D's, eßt Aa, reibt Euch mit der Zahnpasta Aa ein, kauft Eure Kleider bei Aa. Aa ist ein Taschentuch und das Geschlecht, das sich die Nase putzt, der schnelle Zusammenbruch – aus Kautschuk – ohne Lärm, braucht weder Manifeste noch Adreßbücher, er gibt 25 % Rabatt kauft Eure Kleider bei Aa er hat blaue Augen.

(1) Ich wollte ein bißchen Werbung für mich machen.
(2) Keine Manifeste mehr.
(3) Manchmal

Proklamation ohne Anspruch

Die Kunst schläft ein zur Geburt der neuen Welt "Kunst" - Papagei Wort - ersetzt durch DADA, PLESIOSAURUS oder Taschentuch

Das Talent DAS MAN LERNEN KANN, macht aus dem Poeten einen Drogisten HEUTE wirft die Kritik Waage keine Ähnlichkeiten ab

Hypertrophische Hyperästhesie hypnotisierter Maler durch die Hyazinthen der Muezzine mit heuchlerischem Aussehen

FESTIGEN SIE DIE GENAUE ERNTE DER BERECHNUNGEN

HYPODROM DER UNSTERBLICHEN GARANTIEN: Es gibt gar keine Bedeutung, es gibt weder Transparenz noch Schein

MUSIKER ZERBRECHT EURE BLINDEN INSTRUMENTE auf der Bühne

Die SPRITZE ist nur für meinen Verstand da. Ich schreibe, weil es natürlich ist wie ich pisse, wie ich krank bin

Die Kunst braucht eine Operation

Die Kunst ist eine ANMASSUNG, angewärmt mit der SCHÜCHTERNHEIT der Urinflasche, die Hysterie, entstanden in der Werkstatt

Wir suchen die gerade, reine, nüchterne, einzige Kraft, wir suchen NICHTS, wir behaupten, die LEBENSKRAFT jeden Augenblicks, die Antiphilosophie der spontanen Akrobatie

In diesem Augenblick hasse ich den Menschen, der vor der Pause flüstert - Kölnisch Wasser - bitteres Theater. DER MUNTERE WIND

WENN JEDER DAS GEGENTEIL SAGT, SO DESHALB, WEIL ER RECHT HAT

Bereitet die Aktion des Geisirs unseres Blutes vor - unterseeische Bildung transchromatischer Flugzeuge, zellulare und verschlüsselte Metalle im Sprung der Bilder

über die Vorschriften des Schönen und seine Kontrolle.

Das ist nicht für die Krüppel, die immer noch ihren Nabel anbeten.

Um ein dadaistisches Gedicht zu machen

Nehmt eine Zeitung.
Nehmt Scheren.
Wählt in dieser Zeitung einen Artikel von der Länge aus, die Ihr Eurem Gedicht zu geben beabsichtigt.
Schneidet den Artikel aus.
Schneidet dann sorgfältig jedes Wort dieses Artikels aus und gebt sie in eine Tüte.
Schüttelt leicht.
Nehmt dann einen Schnipsel nach dem anderen heraus.
Schreibt gewissenhaft ab
in der Reihenfolge, in der sie aus der Tüte gekommen sind.
Das Gedicht wird Euch ähneln.
Und damit seid Ihr ein unendlich origineller Schriftsteller mit einer charmanten, wenn auch von den Leuten unverstandenen Sensibilität +

\+ *Beispiel:*
wenn die hunde die luft in einem diamanten durchqueren
wie die ideen und der fortsatz der hirnhaut zeigt die stunde
des weckers programm (der titel ist von mir)
preis sie sind gestern passend dann bilder / schätzen den traum epoche der augen / pompös daß rezitieren das evangelium
gattung verdunkelt sich / gruppe die apotheose sich vorstellen
sagt er fatalität macht der farben / schnitt wölbung verdutzt die
wirklichkeit ein zauber / zuschauer alle zur anstrengung der
es ist nicht mehr 10 bis 12 / während umherschweifen kreisschwenkung hinabsteigt druck / zurückgeben verrückte im gänsemarsch fleischsorten auf einem monströs erdrückend bühne /
feiern aber ihr 160 anhänger in nicht an den gesetzt
in meinen perlmuttern / prunkvoll mit boden bananen
unterstützte sich erhellen / freude fragen zusammenge-

kommen fast / von zu die so sehr daß der zauberte visionen / singt diese lacht / geht aus situationen verschwindet beschreibt diese 25 tanz heil / versteckte das ganze von es ist nicht war / wunderschön der aufstieg hat die bande besser licht dessen pracht bühne mich music – hall / scheint wieder gemäß augenblick wird unruhig lebend / geschäfte das es gibt verlieh / weise worte kommen diese leute

Gemeinschaftsarbeiten

Hans Arp, Tristan Tzara, Hans Richter, Foto 1917/18

Huelsenbeck, Tzara

DADA

DIALOGUE ENTRE UN COCHER ET UNE ALOUETTE

Huelsenbeck (cocher): Hüho hüho. Ich grüsse Dich, o Lerche.
Tzara (alouette): Bonjour Mr. Huelsenbeck!
Huelsenbeck (cocher): Was sagt mir Dein Gesang von der Zeitschrift Dada?
Tzara (alouette): Aha aha aha aha (f.) aha aha (decrsc.) cri cri
Huelsenbeck (cocher): Eine Kuh? Ein Pferd? Eine Strassenreinigungsmaschine? Ein Piano?
Tzara (alouette): Le hérisson céleste s'est effondré dans la terre qui cracha sa boue intérieure je tourne auréole des continents je tourne je tourne je tourne consolateur.
Huelsenbeck (cocher): Der Himmel springt in Baumwollfetzen auf. Die Bäume gehen mit geschwollenen Bäuchen um.
Tzara (alouette): Parceque le premier numéro de la Revue Dada paraît le 1 août 1916. Prix: 1 fr. Rédaction et administration: Spiegelgasse 1, Zürich; elle n'a aucune relation avec la guerre et tente une activité moderne internationale hi hi hi hi.

Huelsenbeck (cocher): O ja, ich sah – Dada kam aus dem Leib eines Pferds als Blumenkorb. Dada platzte als Eiterbeule aus dem Schornstein eines Wolkenkratzers, o ja, ich sah Dada – als Embryo der violetten Krokodile flog Zinnoberschwanz.

Tzara (alouette): Ça sent mauvais et je m'en vais dans le bleu sonore antipyrine j'entends l'appel liquide des hyppopotames.

Huelsenbeck (cocher): Olululu Olululu Dada ist gross Dada ist schön. Olululu pette pette pette pette pette . . .

Tzara (alouette): Pourquoi est-ce-que vous petez avec tant d'enthousiasme?

Huelsenbeck (ein Buch des Dichters Däubler aus der Tasche ziehend): Pfffft pette pfffft pette pfffft pette pfffft pette . . .
O Tzara o!
O Embryo!
O Haupt voll Blut und Wunden.
Dein Bauchhaar brüllt –
Dein Steissbein quillt –
Und ist mit Stroh umwunden . . .
Oo Oo Du bist doch sonst nicht so!

Tzara (alouette): O Huelsenbeck, O Huelsenbeck

Quelle fleur tenez-vous dans le bec?
C'est votre Talent qu'on dit excellent
Actuellement caca d'alouette
Quelle fleur tenez-vous dans le bec?
Et vous faites toujours: pette
Comme un poète allemand

L'amiral cherche

Poème simultan par R. Huelsenbeck, M. Janko, Tr. Tzara

HUELSENBECK	Ahoi ahoi Des Admirals gwirktes Beinkleid schnell
JANKO, chant	Where the honny suckle wine twines itself
TZARA	Boum boum boum Il déshabilla sa chair quand les grenouilles

HUELSENBECK	und der Conciergenbäuche Klapperschlangengrün sind milde ach
JANKO, chant	can hear the weopour will arround arround the hill
TZARA	serpent à Bucarest on dépendra mes amis dorénavant et

HUELSENBECK	prrrza chrrrza prrrza Wer suchet dem wird
JANKO, chant	mine admirabily confortabily Grandmother said
TZARA	Dimanche: deux éléphants

Intermède rythmique

HUELSENBECK	hihi Yabomm hihi Yabomm hihi hihi hihiiiii
	ff p cresc ff cresc ff f
TZARA	rouge bleu rouge bleu rouge bleu rouge bleu rouge bleu
	p f cresc ff cresc fff
SIFFLET (Janko)	— ——. ————. —. —-. ——. - .
	p cresc f ff fff
CLIQUETTE (TZ)	rrrrrrrrr rrrrrrrrr rrrrrrrrr rrrrrrrrr rrrrrrrrr rrrrrrrrr
	f decrsc f cresc fff uniform
GROSSE CAISE (Huels.)	O O O O O O O O O O O O O O O O O O O
	ff p f fff p

HUELSENBECK	im Kloset zumeistens was er nötig hätt ahoi iuché ahoi iuché
JANKO (chant)	I love the ladies I love to be among the girls
TZARA	la concièrge qui m'a trompé elle a vendu l'appartement que j'avais loué

HUELSENBECK	hätt' O süss gequollnes Stelldichein des Admirals im Abendschein uru uru
JANKO (chant)	o'clock and tea is set I like to have my tea with some brunet shai shai
TZARA	Le train traîne la fumée comme la fuite de l'animal blessé aux

HUELSENBECK	Der Affe brüllt die Seekuh bellt im Lindenbaum der Schräg zerschellt tara-
JANKO (chant)	doing it doing it see that ragtime coupple over there see
TZARA	Autour du phare tourne l'auréole des oiseaux bleuillis en moitiés de lumière vis-

HUELSENBECK	Peitschen um die Lenden Im Schlafsack gröhlt der
JANKO (chant)	oh yes yes yes yes yes yes yes yes yes yes
TZARA	cher c'est si difficile La rue s'enfuit avec mon bagage à traves la ville Un métro mêle

NOTE POUR LES BOURGEOIS

Les essays sur la transmutation des objets et des couleurs des premiers peintres cubistes (1907) Picasso, Braque, Picabia, Duchamp-Villon, Delaunay, suscitaient l'envie d'appliquer en poésie les mêmes principes simultans.

Villiers de l'Isle Adam eût des intentions pareilles dans le théâtre, où l'on remarque les tendances vers un simultanéisme schématique; Mallarmé essaya une reforme typographique dans son poème: Un coup de dés n'abolira jamais le hazard; Marinetti qui popularisa cette subordination par ses „Paroles en liberté"; les intentions de Blaise Cendrars et de Jules Romains, dernièrement, ammenèrent Mr Apollinaire aux idées qu'il développa en 1912 au „Sturm" dans une conférence.

Mais l'idée première, en son essence, fut exteriorisée par Mr H. Barzun dans un livre théoretique „Voix, Rythmes et chants Simultanés" où il cherchait une rélation plus étroite entre la symphonie polirythmique et le poème. Il opposait aux principes succesifs de la poésie lyrique une idée vaste et parallèle. Mais les intentions de compliquer en profondeur cette t e c h n i q u e (avec le Drame Universel) en éxagerant sa valeur au point de lui donner une idéologie nouvelle et de la cloître dans l'exclusivisme d'une école, — echouèrent.

une maison à louer

zerfällt Teerpappe macht Rawagen in der Nacht
arround the door a swetheart mine is waiting patiently for me I
humides commancèrent à bruler j'ai mis le cheval dans l'âme du

verzerrt in der Natur chrza prrrza chrrrza
my great room is
c'est très intéressant les griffes des morsures équatoriales

aufgetan Der Ceylonlöwe ist kein Schwan Wer Wasser braucht find
. I love the ladies
Journal de Genève au restaurant Le télégraphiste assassine

Find was er notig
And when it's five
Dans l'église après la messe le pêcheur dit à la comtesse : Adieu Mathilde

uro uru uru uro uru uru uru uro pataclan patablan pataplan uri uri uro
shai shai shai shai shai shai Every body is doing it doing it doing it Every body is
intestins ecrasés

tata taratata tatatata In Joschiwara dröhnt der Brand und knallt mit schnellen
that throw there shoulders in the air She said the raising her heart oh dwelling oh
sant la distance des batteaux Tandis que les archanges chient et les oiseaux tombent Oh! mon

alte Oberpriester und zeigt der Schenkel volle Tastatur L'Amiral n'a rien trouvé
yes oh yes oh yes oh yes oh yes yes yes oh yes sir L'Amiral n'a rien trouvé
son cinéma la prore de je vous adore était au casino du sycomore L'Amiral n'a rien trouvé

En même temps Mr Apollinaire essayait un nouveau genre de poème visuel, qui est plus intéressant encore par son manque de système et par sa fantaisie tourmentée Il accentue les images centrales, typographiquement, et donne la possibilité de commancer à lire un poème de tous les côtés à la fois Les poèmes de Mrs Barzun et Divoire sont purement formels Ils cherchent un éffort musical, qu'on peut imaginer en faisant les mêmes abstractions que sur une partiture d'orchestre

* * *

Je voulais réaliser un poème basé sur d'autres principes Qui consistent dans la possibilité que je donne à chaque écoutant de lier les associations convenables. Il retient les éléments caractéristiques pour sa personalité, les entremêle, les fragmente etc, restant tout-de-même dans la diréction que l'auteur a canalsé

Le poème que j'ai arrangé (avec Huelsenbeck et Janko) ne donne pas une description musicale mais tente à individualiser l'impression du poème simultan auquel nous donnons par là une nouvelle portée

La lecture parallèle que nous avons fait le 31 mars 1916, Huelsenbeck, Janko et moi, était la première réalisation scénique de cette estéthique moderne.

TRISTAN TZARA

Arp Serner Tzara
(société anonyme pour l'exploitation du vocabulaire dadaïste)

Die Hyperbel vom Krokodilcoiffeur und dem Spazierstock

das elmsfeuer rast um die bärte der wiedertäufer
sie holen aus ihren warzen die zechenlampen
und stecken ihre steiße in die pfützen
er sang ein nagelknödel auf treibeis
und pfiff sie so hold um die ecke das lotterliche
daß ein gußgitter glitschte
4 eugens auf tour skandinavien millovitsch blaue kiste
ist bombenerfolg
zwischen dem haarrahm des kanalstrotters
erstiefelte der saumseligste zeisig den breipfahl
eines buttersackes im zinngefieder
schreckensfahrt an steiler wand
der gute vater senket
ins haupt den tomahwak
die mutter ruft vollendet
zum letzten mal ihr quak
die kinder ziehen reigend
hinein ins abendrot
der vater steigt verneigend
in ein kanonenboot
auf den marmeladengürtel turnen
hinein ins abendbrot
glitzerblöde affenbolde
wiener hintere zollamtsvokabeln voll grauslichkeit
der zirkusfeindliche kiel
hänge das profil
im internationalen
kanäle
abendmahlmarschäl(l)e
quartettmephistophele
skandierskandöle

Arp, Serner und Tzara

Rattaplasma

horoscope satanique se dilate sous ta vigueur
vigilance de virgile vérifie le vent virile
schlagbäume schlagen riesenwirbel
wappenmühle brennt am grätenviadukt
der samenräuber äst in flitzender kammerkruste
und grünt die laiber verrosteter dromedare zur gänze
ruf den gefrästen zwerg aus dem spiegel
er wirft mit seinem löffel zwei sonnen in den tiegel
concert vocal   musique météorologique
subtil animal la clé du vertige
ratterkasten im schenkelloch verstürzt
das hammellachen der halsmandeln
großartig und hingebungsvoll
rippende ritter erbrechen die traumsiegel

Club Dada

Wunder der Wunder!

1
9
Die dadaistische Welt
1
realisiert in einem
DADA
8
Augenblick

internationaler Rhythmus

Club Dada, Prospekt des Verlags *Freie Straße*, Berlin 1918

DADA Berlin

Richard Huelsenbeck kehrte Januar 1917 aus Zürich nach Berlin zurück und brachte die Parole DADA mit, die hier allerdings erst ein Jahr später – zum Ende des Weltkriegs hin – zünden sollte. 1957 erinnerte er in seiner Autobiographie *Mit Witz, Licht und Grütze*, daß er im alten Literaten-Treff *Café des Westens* u. a. auf Benn, Else Lasker-Schüler, den ausgemergelten Morphinisten Höxter und auch auf die Brüder Herzfelde – »Wieland, den Verleger und Direktor des Malikverlags, und John, der sich Heartfield nannte und als Erfinder der Photomontage gilt« –, auf George Grosz, »der aus dem Felde zurückgekehrt war«, und Franz Jung, »eine merkwürdige Mischung aus Superpolitiker, Drahtzieher und Literat«, gestoßen sei: »Es war, als hätten alle diese Personen nur auf das Stichwort Dada gewartet. Ich entschloß mich, mit Max Herrmann-Neisse, Theodor Däubler, George Grosz und anderen einen Vorlesungsabend in der Galerie Neumann am Kurfürstendamm zu geben. Wir lasen Gedichte, mußten unsere Manuskripte aber vorher der Polizei zeigen. Im Revier saßen einige weißbärtige ältere Beamte, die kaum lesen und schreiben konnten, jedoch versuchten, aus unseren Versen polizeiwidrige Worte zu streichen. Man konnte sie aber meistens überreden, unsere Arbeiten unberührt zu lassen. Da sie nichts von dem ihnen Vorgelegten verstanden, fiel ihnen das nicht schwer und sie machten sich keine Gewissensbisse. / Die Vorlesung fand in einem kleinen Saal im ersten Stock des Gebäudes statt. Ich sagte Herrn Neumann, ich würde eine kleine Einleitungsrede halten. Hiermit erklärte er sich einverstanden. Ich sprach dann ohne das Wissen meiner Freunde über den Dadaismus. Ich sagte, die Vorlesung sei dem Dadaismus gewidmet. / Damals wußte ich selbst nicht, was Dada war (das ist mir erst sehr viel später klargeworden), und es war vielleicht die Inkongruenz zwischen meinen aggressiven Behauptungen und meinem Nichtwissen, die das Publikum, meine Mitarbeiter und später die Presse erregte. Hier, in Berlin, spielte ich wie in Zürich die Rolle des Trommlers, das Oxfordstöckchen schwingend, scharf, vielleicht arrogant und der Folgen nicht achtend. / (...) Am folgenden Tag brachten die Zeitungen dicke Schlagzeilen, wie sie bei solchen Vorträgen ganz ungewöhnlich sind. Die meisten drückten Unwillen aus, andere suchten sich über Dada lustig zu machen. Dem Wort ›Dada‹ wurde viel Raum gegeben, es wurde als Säuglingssprache, Urwaldlaut, Papageiengeschnatter bezeichnet. (...) / (...) Der Dadaismus wurde im allgemeinen aus sehr verständlichen Motiven von allen abgelehnt, die in ihm einen Angriff auf die ›heiligsten Güter der europäischen Zivilisation‹ sahen. Diese Art Menschen waren (und sind) Konventionalisten, die sich nicht vorstellen können, daß sich Werte ändern.«

Am anderen Ort, unter gewandelten Zeitverhältnissen – Ende des Weltkriegs, revolutionäre Erhebungen in Rußland und Deutschland etc. – gewann DADA eine neue, stark politische Kontur und eine daraus sich ableitende Aggressivität. Sie im Blick, konnte Huelsenbeck bereits 1920 in seiner *En avant dada* überschriebenen ›Geschichte des Dadaismus‹ feststellen, die Züricher *Galerie Dada* sei in ihrer Spätphase einer traurigen l'art-pour-l'art-Stimmung verfallen, und die ganze Bewegung sei den »Herren in Zürich (...) ernsthaft über den Kopf« gewachsen: »Der wirkliche Sinn des Dadaismus ist erst später in Deutschland von den Personen, die ihn mit Eifer propagierten, erkannt worden, und diese Personen haben sich dem Wert der Stoßkraft und der Propagandamöglichkeit des Wortes dann als Dadaisten eingefügt.« Ganz zu Recht legte deshalb auch Franz Jung in seiner Autobiographie *Der Weg nach unten*, 1961, den Akzent auf die originäre Entwicklung der Berliner DADA-Bewegung und kennzeichnete ihr gegenüber den Prozeß der Namensfindung – samt ihres Katalysators Huelsenbeck – als eher sekundär; er ging in seiner politischen Charakterisierung von der rasch nachlassenden »motorischen Kraft« der politischen Revolution aus und sah DADA quasi als Ersatzfunktion, »die Gesellschaft auf andere Weise zu treffen«: »Es entstand eine detaillierte Herausforderung, vom einzelnen zunächst an die einzelnen. Was sich jetzt in Berlin als eine Bewegung herauszubilden schien, hatte mit der Bewegung ›Dada‹, die sich in Zürich auf das Kabarett Voltaire konzentrierte, nicht viel mehr gemeinsam als nur den Namen, der sich als sehr geeignet erwies für unsere Provokationen. (. . .) Richard Huelsenbeck, der aus dem Kreis des Kabaretts Voltaire nach Berlin zurückemigriert war, wurde aufgenommen als Tatzeuge, daß man in der Künstler-Emigration in der Schweiz und auch allenthalben im Auslande sich zu rühren begonnen hatte, das Joch ästhetischer Tradition abzuschütteln, was vorher dem Futurismus nicht gelungen war. Huelsenbeck (. . .) wurde als Anhängsel geduldet, als eine Art Alibi für den Namen Dada, mehr nicht.«

Wie auch immer . . . – unbestreitbar war es Huelsenbecks Verdienst, entschieden das *Dadaistische Manifest* von 1918 initiiert zu haben, das von allen wichtigen Zürcher und Berliner DADAisten unterzeichnet wurde; in ihm mischen sich die unterschiedlichen DADA-Konturen mehr, als daß sie getrennt auseinandertreten. Wichtig ist die Abgrenzung gegen den Expressionismus, der als »blutleere Abstraktion« heute schon auf »ehrenvolle Bürger-Anerkennung« aus sei, und speziell auch gegen den Futurismus, der wesentliche Forderungen der Zeit unerfüllt gelassen habe; für das DADAistische Gedicht ergeben sich dabei die folgenden Ausgangspunkte und Forderungen: »Das Wort Dada symbolisiert das primitivste Verhältnis zur umgebenden Wirklichkeit, mit dem Dadaismus tritt eine neue Realität in ihre Rechte. Das Leben erscheint als ein simultanes Gewirr von Geräuschen, Farben und geistigen Rhythmen, das in die dadaistische Kunst unbeirrt mit allen sensationellen Schreien und Fiebern seiner verwegensten Alltagspsyche und in seiner gesamten brutalen Realität übernommen wird. Hier ist der scharf markierte Scheideweg, der den Dadaismus von allen bisherigen Kunstrichtungen und vor allem von dem FUTURISMUS trennt, den kürzlich Schwachköpfe als eine neue Auflage impressionistischer Realisierung aufgefaßt haben. Der Dadaismus steht zum erstenmal dem Leben nicht mehr ästhetisch gegenüber, indem er alle Schlagworte von Ethik, Kultur und Innerlichkeit, die nur Mäntel für schwache

Muskeln sind, in seine Bestandteile zerfetzt. / Das BRUITISTISCHE Gedicht / schildert eine Trambahn, wie sie ist, die Essenz der Trambahn mit dem Gähnen des Rentiers Schulze und dem Schrei der Bremsen. / Das SIMULTANISTISCHE Gedicht / lehrt den Sinn des Durcheinanderjagens aller Dinge, während Herr Schulze liest, fährt der Balkanzug über die Brücke bei Nisch, ein Schwein jammert im Keller des Schlächters Nuttke. / Das STATISCHE Gedicht / macht die Worte zu Individuen, aus den drei Buchstaben Wald tritt der Wald mit seinen Baumkronen, Försterlivreen und Wildsauen, vielleicht tritt auch eine Pension heraus, vielleicht Bellevue oder Bella vista. Der Dadaismus führt zu unerhörten neuen Möglichkeiten und Ausdrucksformen aller Künste.«

Der Trend der Berliner DADAisten zu Photomontage und Collage und zur Anwendung ihrer Verfahrensweisen auf die Literatur – wobei man im ›simultanistischen Prinzip‹ durchaus auf frühexpressionistische Texte wie Jakob van Hoddis' *Weltende* zurückgreifen und diese für sich reklamieren konnte – ist aus diesem Programm leicht abzuleiten. Als weiterer Beleg für seine eigenwillige Einlösung kann Raoul Hausmanns Erfindung der optophonetischen Poesie als seiner Version des Lautgedichts gelten, auf das er unabhängig von Hugo Ball und DADA-Zürich gestoßen ist; er kam im Kapitel *Zur Geschichte des Lautgedichts* seines Erinnerungsbuchs *Am Anfang war Dada* ausführlicher darauf zu sprechen: »Die ›lettristische‹ Poesie, die ich 1918 unabhängig von Ball fand, war auch auf der Notwendigkeit, eine neue sprachliche Ausdrucksform zu finden, aufgebaut. (. . .) / (. . .) Schließlich und endlich, Buchstabengedichte sind wohl auch zum Sehen da, aber auch zum ANsehen – warum also nicht Plakate aus ihnen machen? Auf verschiedenfarbigem Papier und in großen Druckbuchstaben? Das wäre, Dunnerschlag, noch nicht dagewesen, trotz Ben Akiba! / Also in die Druckerei von Robert Barthe in die Dennewitzstraße und gleich, gleich die neue Dichtform in Angriff genommen. / Dank dem Verständnis des Setzers war die Verwirklichung leicht, aus dem Kasten der großen hölzernen Buchstaben für Plakate nach Laune und Zufall hingesetzt, was da so kam, und das war sichtbar gut. / Ein kleines f zuerst, dann ein m, dann ein s, ein b, eh, was nun? Na, ein w und ein t und so weiter und so weiter, eine große écriture automatique mit Fragezeichen, Ausrufezeichen und selbst einer Anzeigehand dazwischen! / (. . .) Das war wirklich eine Sache, die die Herren Dichter, auch die vom ›Sturm‹ etwa, erstaunen mußte! Große sichtbare Lettern, also lettristische Gedichte, ja noch mehr, ich sagte mir gleich optophonetisch! Verschiedene Größen zu verschiedener Betonung! Konsonanten und Vokale, das krächzt und jodelt sehr gut!« Das Ganze schließt – die Konsequenz für den Vortrag im Blick: »Natürlich diese Buchstabenplakatgedichte mußten gesungen werden! DA! DADA!«

Berlin-DADA zentrierte sich um kein literarisches Kabarett à la *Cabaret Voltaire* und keine feste Galerie à la *Galerie Dada* in Zürich. Der *Club Dada*, zu dem sich Anfang April 1918 die Berliner Gründer-DADAisten zusammenschlossen – das Signet taucht erstmals in einem Prospekt des Verlags *Freie Straße* auf –, war nicht recht faßbar im Sinne einer konkreten Literatur- und Kunst-Institution. »Hier ist jeder Vorsitzender«, hieß es bezeichnenderweise im *Dadaistischen Manifest*, »und jeder kann sein Wort abgeben, wo es sich um künstlerische Dinge handelt. Dada ist nicht ein Vorwand für den Ehrgeiz einiger Literaten (wie unsere Feinde glauben machen möchten). Dada ist eine Geistesart, die sich in jedem Gespräch offenbaren kann, so daß man sagen muß: dieser ist ein DADAIST – jener nicht; der Club Dada hat deshalb Mitglieder in allen Teilen der Erde, in Honolulu so gut wie in New-Orleans und Meseritz«. Provokativ erklärte man, kaum daß er die Republik ausgerufen hatte, Philipp Scheidemann zum *Club Dada*-Mitglied. Und Wieland Herzfelde notierte: »Jedermann konnte sich Dadaist nennen, dafür, daß man ihn dafür hielt, mußte er selber sorgen«; der ›Oberdada‹ Johannes Baader, der sich als Haupt einer kleinen religiösen Sekte schon »Präsident des Weltalls« nannte, ehe er von den DADAisten entdeckt und als willkommenes Fundobjekt in die Bewegung hineingezogen wurde, belegt diese ›offene Struktur‹. Eben dieser Oberdada sorgte mit der Unterbrechung des Hofpredigers Dryander im Berliner Dom (»Jesus Christus ist uns wurscht«) und dem Abwurf des Flugblatts *Die grüne Leiche* in der Weimarer Nationalversammlung, in dem er die Übernahme der Regierungsgewalt durch das »Dadaistische Zentralamt« forderte, für das größte provokative Aufsehen, das DADA in der Berliner Öffentlichkeit erregte.

Der Widerstand gegen den ›Geist von Weimar‹ war jedoch unter den Berliner DADAisten allgemein. Man sah in der Gründung der Republik keinen revolutionären Akt, sondern lediglich die Wiederkehr der alten Mächte unter neuem Etikett: den Sieg des Spießbürgertums mit seinen traditionellen Kulturwerten. In diesem Sinne spottete Raoul Hausmann in seinem *Pamphlet gegen die Weimarische Lebensauffassung:* »Ich bin nicht nur gegen den Geist des Potsdam – ich bin vor allem gegen Weimar. Noch kläglichere Folgen als der alte Fritz zeitigten Goethe und Schiller – die Regierung Ebert-Scheidemann war eine Selbstverständlichkeit aus der dummen und habgierigen Haltlosigkeit des dichterischen Klassizismus. Dieser Klassizismus ist eine Uniform, die metrische Einkleidungsfähigkeit der Dinge, die nicht das Erleben streifen. / Außerhalb aller Strudel des realen Geschehens hüllen ernsthafte Dichter, Mehrheitssozialisten, Demokraten, die Belanglosigkeit in die starrenden Faltenwürfe würdiger Verordnungen; militärische Versfüße wechseln ab mit Arien der Güte und Menschlichkeit – aus dem sicheren Hinterhalt, den der Besitz einer Anzahl Banknoten oder ein Pfund Butter verleiht, taucht auf das Ideal der Schwachköpfe: Goethes zweiter Faust. Es ist schlechterdings alles darin enthalten, was nicht in Schillers Räubern vorkommt. Wie das Werk dieser feierlichen Klassiker das einzige Gepäck der deutschen Soldaten und Tag und Nacht ihre einzige Sorge war, so war es heute der Regierung unmöglich, die Geschäfte anders als im Geiste Schillers und Goethes zu führen. / Die Idealisierung Deutschlands schreitet demgemäß rüstig fort, der von allen Musen umtanzte Staatsbankrott aller lebendigen Eigenschaften ist unvermeidlich.«

Aus solcher Opposition, solchem Widerstand heraus gewann DADA-Berlin seine scharfe satirische Kontur, so etwa in den Zeitschriften *Jedermann sein eigner Fußball, Die Pleite, Der Gegner* oder *Der blutige Ernst,* so in den naiv-überrealistischen Karikaturen von George Grosz oder in den sezierenden Photomontagen von John Heartfield. Hausmann veröf-

fentlichte 1920 im Malik-Verlag ein Bändchen politischer Satiren unterm Titel *Hurra! Hurra! Hurra!*, und auch Huelsenbeck radikalisierte sich politisch: dabei tendierte er literarisch zu einem neuen Chanson-Gestus, der auf andere Autoren ausstrahlte. Es ist deshalb kein Zufall, daß Walter Mehring sein »erstes Original-dada-couplet« *berlin simultan*, das im Zusammenhang seines 1920 von ihm selbst gegründeten *Politischen Cabarets* entstand und in den *Dada-Almanach* von 1920 aufgenommen wurde, dessen Herausgeber Huelsenbeck widmete. Doch dabei handelte es sich mehr schon um eine Anwendung von DADA auf die kulturelle Berliner Nachkriegsszene mit dem literarischen Kabarett als rasch sich verfestigender Darbietungsform, als um eine Wiederholung der explosiven Kreativität des Zürcher *Cabaret Voltaire*. »Antikem Brauchtum gemäß«, erklärte Mehring in seiner *Conférence provocative*, mit der er 1919 das Kabarett *Schall und Rauch* eröffnete, folge wieder einmal »dem heroischen Kladderadatsch einer miserablen Geschichtstragödie die schadenfröhliche Satyrfarce; dem Größenwahnwitz der Schmieren-Caesaren der nun spottbillige Galgenhumor; dem Versgerassel der Feste-drauf-Gottstrafe-England-Barden: der Gassenhauer, die Moritat zum Mordsgaudi der Überlebenden, die gestern noch (Wir alle) dabei gewesen sind«: »Dem deklarierten Notstand zum Trotz mangelt es nicht an Motiven, an ›mauvais sujets‹; Ausschweifungen in den Preislagen jeder Geschmacklosigkeit; Hochstapelei in Sach- und Ewigkeitswerten; Schmalz und Weltanschauung; Lust und Fememord; Landsknechtstum im Solde jeder Demagogie. Der ganze Troß der Apokalyptischen Reiter, er ist zu haben so harlekinesk in unserem grauen Alltag wie im finsteren Mittelalter; zu Lebzeiten unseres Schutzpatrons, des Pauvre François Villon und seiner saufenden, räubernden, hurenden, dichtenden Spießgesellen.«
1920: Im »Auftrag des Zentralamts der deutschen Dada-Bewegung« gab Huelsenbeck den *Dada-Almanach* heraus, der – rückblickend und aktuell – einen Querschnitt durch den inzwischen international gewordenen DADAismus bot; DADA-Tourneen führten die Berliner DADAisten nach Dresden und Leipzig, Teplitz-Schönau und Prag, wo es noch einmal zu ähnlich turbulenten Auftritten wie bei den ersten

Berliner Veranstaltungen kam; Huelsenbeck hielt zum Prager Auftritt fest: »Die Zeitungen hatten Wochen vor unserer Ankunft eine Dada-Monstre-Reklame gemacht und die Erwartungen konnten nicht höher gespannt werden. Man glaubte offenbar, die lebenden Kühe würden aus dem Himmel fallen – auf der Straße bildete man Kordon hinter uns, brüllte rhythmisch Dada, auf den Redaktionen zeigte man uns zuvorkommend die Revolver, mit denen man am 1. März abends unter Umständen auf uns zu schießen gedachte.« Das ist es, was Hausmann die »Massenpsychologie Dadas« nannte. Schließlich die *Erste internationale Dada-Messe,* veranstaltet von dem ›Dada-Marschall‹ George Grosz, dem ›Dadasophen‹ Raoul Hausmann und dem ›Monteurdada‹ John Heartfield in der Galerie Burchard mit Fotomontagen, Assemblagen und Plakaten, »die Alles übertrafen, was man bisher gesehen hatte«: »Man zeigte alle nur möglichen Kühnheiten in Material, Auffassung, Erfindung (. . .)« . . . – Und doch markierten diese Höhepunkte zugleich schon das Ende von DADA-Berlin! Die ›Messe‹ zog – die rebellischen Graphiken des George Grosz und speziell auch eine Deckenplastik Rudolf Schlichters als Ärgernis nehmend, einen dicken, ausgestopften Matrosen mit einem Schweinsschädel – eine Anklage wegen »Beleidigung der Reichswehr« nach sich. Die Versuche, den Prozeß DADAistisch zu unterlaufen, blieben unentwickelt oder wurden unterdrückt; so trugen die ›Schranken des Gerichts‹ das ihre zur Paralyse der Bewegung bei: das »furchtbare trojanische Pferd voll Gefahr« – so Hausmann in Anspielung auf das aus Zürich herübergezogene und aufgeputzte ›Steckenpferd‹ – »war nichts mehr als eine alte Mähre, die traurige Rosinante, die man sich schämte zu besteigen oder zu zeigen«. Während im allgemeinen Jargon die Parole DADA zum billigen Schlagwort verkam, traten unter den DADAisten selber unüberbrückbare Kontroversen auf: von innen heraus trennten sich die ›formal-abstrakten‹ und ›politisch-konkreten‹ Komponenten, die bis dahin zusammengehalten und die – äußerst kreative – widersprüchliche Einheit von DADA-Berlin konstituiert hatten. Die Wege der Berliner DADAisten liefen auseinander, wer an DADA festhielt, mußte den Kampf auf anderer Ebene aufnehmen.

Richard Huelsenbeck

Foto
1917

Richard Huelsenbeck: Fortsetzung von S. 49; Januar 1917 Rückkehr von Zürich nach Berlin und Anreger der Berliner Dada-Bewegung; formulierte April 1918 das *Dadaistische Manifest,* das von nahezu allen Zürcher und Berliner Dadaisten unterzeichnet wurde; im »Auftrag des Zentralamts der deutschen Dada-Bewegung« Herausgeber des *Dada-Almanachs,* Dada-Chronist mit den Veröffentlichungen: *En avant dada, Eine Geschichte des Dadaismus* und *Dada siegt, Eine Bilanz des Dadaismus,* beide 1920; nach dem Niedergang Dada-Berlins als Schiffsarzt unterwegs, Verfasser von Reisebüchern; 1936 Emigration nach New York und Eröffnung einer psychiatrischen Praxis unter dem Namen Dr. Hulberg; Autobiographie: *Mit Witz, Licht und Grütze,* 1957; gest. 20. 4. 1974 in Minusio/Schweiz.

Mainacht Frühling 1918

Straßenbahn hé hé Deine Feuerzange in der Nacht
der Herr mit der Weinflasche schwankt wie ein Schiff
jetzt muß die Nacht uns um die Ohren hauen daß es donnert
die hohen Zylinderhüte tanzen ein unglaubliches Leichenbegängnis
eine Bogenlampe zerknattert auf deinem Schädel alter Rennschieber
Gold klappert in deinem Sack dein Gesicht reißt kaputt
Lichtströme blau und rote Lichtströme über die Kabel hin
und der Mond der gutmütig lacht
und die Baumkuppen die sich auf die Küsse der Sergeanten senken
hé hé die Straße rollt sich vor uns auf wie ein Tischläufer
am Tisch sitzt der Vater die Milchschale in der Hand
noch ist Krieg und man betet noch immer dasselbe Gebet
aber unterdessen wird das Feuer unter den Kesseln der Maschinen geheizt
der Heizer schnallt sich den Ledergurt um die mageren Hüften
hé hé es ist die Zeit wo die Geldschrankknacker unterwegs sind
es ist die Zeit wo die Lungenkranken in den verschwitzten Betten röcheln
seht nur den Arzt wie er ironischen Blickes die Pinzette spreizt
aber der Mond lacht gutmütig alter Rhinozeros
wo in den Heuschobern die Magd einen Sohn gebar
kann Christus erstehn der die Welt in seinem Kopf trägt
ja unerhörtester Schrei der aus den Kloaken dringt
Eisgrotten von elektrischem Licht durchrast
Kirmesbrüllen von Glocken durchpaukt
Automatenmann der leise hinschleicht
Mainacht oh deine Brüste von Flieder besetzt
wie von Geschwüren besetzt siegkündend
einen neuen Sieg mit Fahnen und Hindenburg
und einen Erlaß unseres Kaisers

DADA-Schalmei

Auf der Flöte groß und bieder
Spielt der Dadaiste wieder,
Da am Fluß die Grille zirpt
Und der Mond die Nacht umwirbt,
Tandaradei.

Ach, die Seele ist so trocken
Und der Kopf ist ganz verwirrt,
Oben, wo die Wolken hocken,
Grausiges Gevögel schwirrt,
Tandaradei.

Ja, ich spiele ein Adagio
Für die Braut, die nun schon tot ist,
Nenn es Wehmut, nenn es Quatsch, – O
Mensch, du irrst so lang du Brot ißt,
Tandaradei.

In die Geisterwelt entschwebt sie,
Nähernd sich der Morgenröte,
An den großen Gletschern klebt sie
Wie ein Reim vom alten Goethe.
Tandaradei.

Dadaistisch sei dies Liedlein,
Das ich Euch zum besten gebe,
Auf zwei Flügeln wie ein Flieglein
Steig es langsam in die Schwebe.
Tandaradei.
Denk an Tzara denk an Arpen,
An den großen Huelsenbeck!

R. HUEL / SEN / BAG.

Schieber-Politik

Hindenburg kommt mit Jebimmel,
Ludendorff is auch schon da,
Und det janze Volksjetümmel
Krächzt een fröhlichet Hurra!

Rev'luzion war mal 'ne Sache.
Sehr gesunken: Wert gering.
Königstreu is was zu machen;
Jott im Himmel save the king.

Handelt's sich um Majestäten
Oder nur'n jemeinen Mann,
Bei det Geld und bei die Kröten
Fängt erst die Verehrung an.

Darum, Fritze, brüll Dir heiser
Und drück auch die Knie durch
Für den deutschen Heldenkaiser
Und den alten Hindenburch.

Der Zylindergiebel

für John Heartfield

Da erhob sich der Dadasoph von der Brille des Dada-Riesen-Abtritts und hielt folgende Rede Ich bin der Dadasoph von Anbeginn bis zum Ende Ich halte die Schnapsflasche in meiner linken Hand und den Radiergummi in der rechten Mir kann keiner Die Buchstaben tanzen zu meinen Ohren hinaus und mein Bauch schlägt Wellen nach dem Takt des Hohenfriedberger Ich schlage mit meiner Peitsche von Osten nach Westen und die jungen Läuse denen ich wohl will jauchzen auf meinen Fingern Mein Kopf liegt im Nil und meine Beine hacken das Eismeer auf doch niemand weiß wozu es gut ist Das ist Dadaco das Buch der Sonne aber auch die Sonne weiß nicht wozu es gut ist Seht den weißen Dampf der sich aus meinen Nüstern über die Erde verbreitet – sehet den Schatten den meine Lippen werfen Ich bin der junge

Mond der in Wasserstiefeln bei der Abfahrt der Züge steht ich bin das Kalb das an den Regentraufen im Parademarsch hinaufsteigt Ja ja da staunt ihr Erdlümmler und Blindschleichen da reibt Ihr die Nase an dem Petroleumtank aber es ist noch nicht aller Tage Abend Jemand kam mit der Ziehharmonika und spielte den Elefanten zum Tanze auf Ich bin der Meteor der aus den Brustwarzen des Mondes fällt Ich bin der Zylindergiebel den John Heartfield montiert Hé Ihr Erdarbeiter und Abdecker sperrt die Bäuche auf und tretet das Haar unter Eure Füße Das Gericht beginnt der große Tag der Abrechnung ist da.

391

hans arp gewidmet

Aus den Versenkungen steigen die jungen Hunde und schrein
wie die Kühe schreien sie mit ihren lakierten Mäulern
seht die Geheimräte mit den eingefallenen Bäuchen
Messingkübel haben sie über ihr Gesäß gestülpt, auf ihren
Händen hockt die junge Seekuh, – eia, eia: es ist eine große
Zeit
niemand weiß hinten wie er vorn daran ist
Haben Sie den Herrn gesehen der durch den Briefkasten
steigt mit lächelndem Gesicht
Umba Umba sahen Sie die Kellerasseln mit gefalteten
Händen
drei Tage schon geht die Prozession und immer noch flattert
die Seele nicht
Ja ja Herr Doktor dies ist der Tag an dem ihre Großmutter
unter die Indianer ging
O – O – O
Der alte Kirchturm – der alte Mond Spinnwebmond
Fliegenmond
ich halte die Hand auf den Bauch
der Schleiermond der große rote weite Mond
die Flüsse hinauf über die Berge gestemmt an die Sterne
gereckt
jagen die jungen Hunde und schrein
es ist eine große Zeit

George Grosz

Im Atelier, Foto 1917

George Grosz: geb. 26. 7. 1893 in Berlin; Studium an den Akademien von Dresden und Berlin; Kriegsteilnehmer; 1916 im Zirkel der Zeitschrift *Neue Jugend;* Mitglied des Berliner *Club Dada,* Mithrsg. der satirischen Zeitschriften *Die Pleite* (gem. mit Wieland Herzfelde), *Jedermann sein eigner Fußball* (gem. mit Franz Jung) und *Der blutige Ernst* (gem. mit John Hoexter und Carl Einstein); Veröffentlichungen: *Erste* und *Kleine George Grosz Mappe,* 1917, *Gott mit uns,* 1920, *Das Gesicht der herrschenden Klasse,* 1921, *Abrechnung folgt!,* 1923, *Ecce homo,* 1923, *Der Spießer-Spiegel,* 1925, etc.; Dez. 1918 Eintritt in die KPD; Mitorganisator der *Ersten internationalen Dada-Messe;* 1933 Emigration in die USA; gest. im Jahr seiner Rückkehr nach Berlin am 6. 7. 1959.

Gesang an die Welt

Ach knallige Welt, du Lunapark,
Du seliges Abnormitätenkabinett,
Paß auf! Hier kommt G r o ß ,
Der traurigste Mensch in Europa,
»Ein Phänomen an Trauer.«
Steifen Hut im Genick,
Kein schlapper Hund!!!!
Niggersongs im Schädel,
Bunt wie Hyazinthenfelder,
Oder turbulente D-Züge,
Über rasselnde Brücken knatternd –
Ragtimetänzer,
Am Staketenzaun wartend mit der Menge
Auf Rob. E. Lee.
– –
Horido!
Beim Bart des Oberlehrers Wotan –
Nachmittags verbrämte Kloaken,
Überpinselte Fäulnis,
Parfümierter Gestank –
G r o ß w i t t e r t s .
Parbleu! Hier riecht's nach gebratenen Kindern.

Sammelt euch, boys! ! ! ! ! ! ! ! ! ! ! !
Ankurbelt den Benz – 150 km (KA-EM)!
Die Straßenbänder bergab!
Knall auf Motor!
Auch dich ekelt der kalte Schweiß
In Lümmelgesicht!
– –
Turbulenz der Welt!
Liebe Freunde! – ahoi!
Seid gegrüßt, boys, über den Atlantic!
Du *I. W. Hurban,* du *Lewis,* du *Abraham,*
Du *Theo F. Morse*
Und du *Lillian Elmore.*
Den Urwald zogt ihr auf Noten

Mit eurer Banjo-Musik der Neuen Welt.
Starr hochwachsende Turmhäuser.
Frei das graue Auge.
Glattrasiert und breit.
— —
Den Hudson abwärts gleitet das Hausboot –
Und dunkle Nächte und die
Schwarzbehaupteten Nigger!

Was erfanden sich die Menschen?
Das Fahrrad – den Fahrstuhl – die Guillotine, die Museen,
Das Varieté – das Frackhemd – das Panoptikum,
Die dunkle Manilla – – –
Die grauen Steinkästen
Und flimmernde Sonnenschirme
Und die Faschingsnächte
Und die Masken – – – – –
Seht!!! Zwei Affen tanzen Schuhplattler im Varieté.
Hoch knallt die Sketch-Pistole
Und lammfromm kriecht der Masoch ins Geschirr.
Straßen klappern – – Horizonte dampfen – –
In Oberschlesien hämmern die Kohlengruben – –
Hallo: Die Tätowierten!
Hallo! Ich bin *Petropolis* der Kautschukmann!
— —
Summend und säuselnd vergast Mutis Lebenslicht
Zwischen Steinklötzen und morschen Möbeln.
Selbstmörder haben sich in die Bäume gehängt – dutzendweise.
Verirrte Masturbanten flattern auf.
Furchtbares Verbrechen an einer Witwe in der Apothekengasse!
Die Kriminalität steigt,
Die Peripherie biegt sich vor Lachen –
— —
Prost, Max! Oben läuft die menschliche Fliege auf Glasplatten!!
Bewegung!
Einheizen!
Portwein, schwarz, etikettierter, her –

Heidonc, en avant!
L'homme masqué! ! ! !
Georges le Boeuf! ! ! !
Champion of the world! ! ! !
Der Knallspektakel!!
Das Banknotengeflüster!!
Hallooo!!!
Die Ermordung Jaurès!!
Die Explosion der Radrennbahn!!
Der sensationelle Wolkenkratzerbrand!!
Das neue Attentat der Telephonmänner!!
— —
In Hinterzimmern liegen blutige Säcke rum,
Auch kommen Neunjährige nicht mehr wieder,
An Wochentagen knallt dir ein Soldatenschuß in den
    Unterleib,
Die Bewegung geht weiter. –
— —
Tausende sterben, ohne den Golfstrom je zu sehen.

Heartfield: Prospekt der *Kleinen Grosz Mappe*, Berlin 1917

Man muß Kautschukmann sein!

Ja, Kautschukmann sein – eventuell den Kopf zwischen die Beine stecken oder durchs Faß springen – und spiralig in die Luft schnellen! sieh, ein Paragraph rempelt Dich an,
eine Affiche,
ein Flohzirkus ....
(sämtliche Flöhe liegen an Schlingen – desertiern ausgeschlossen – Springen von Flöhen auf Kommando, Parademarsch der Flöhe ....)
Immerhin wichtig ist, das Gleichgewicht zu behalten!
Wo vordem die gotische Kirche, messelt sich heute das Warenhaus hoch –!
– Die Fahrstühle sausen . . . Eisenbahnunglücks, Explosionskatastrophen . . . .
– quer durchrast der Balkanzug Mitteleuropa,
doch gibts auch Baumblüte und Edelmarmeladenrationierung . . . .
Wie gesagt, Kautschukmann sein
beweglich in allen Knochen
nicht bloß im Dichter-Sessel dösen
oder vor der Staffelei schön getönte Bildchen pinseln.

Den Bequemen gilts zu stören
beim Verdauungsschläfchen
ihm den pazifistischen Popo kitzeln,
rumort! explodiert! zerplatzt! – oder hängt euch ans Fensterkreuz ....
Laßt euren Kadaver in die Branntweingasse baumeln!
Ja! Wieder elastisch werden, nach allen Seiten höchst federnd – sich verbiegen – anboxen! Kinn- oder Herzgrubenhieb!

Ladies and gentlemen ! !
jeder hat Zutritt!

Nur nähertreten!! . . . nur nähertreten!! . . .
Schon beulen sie den Weihrauchkessel ein.
Nervös rutscht das weiche Gesäß hin und her!
....
Ja! Wenn nicht sämtliche Flöhe an Schlingen lägen!..............

Raoul Hausmann

Hans Richter: Raoul Hausmann, Zeichnung 1915

Raoul Hausmann: geb. 12. 7. 1886 in Wien, 1900 mit den Eltern nach Berlin; ab 1913 Kontakte mit der Zeitschrift *Die Aktion;* 1918 Mitbegr. des *Club Dada,* Verfasser von Dada-Manifesten, Mithrsg. der Zeitschrift *Der Dada;* Dada-Aktionen, Teilnahme an Dada-Soireen in Berlin, Dresden, Leipzig und Prag; unabhängig von Ball Erfinder phonetischer Gedichte; Entwicklung der Photomontage; Veröffentlichungen: *fmsbwtözäu,* Plakatgedicht, *Synthetisches Cino der Malerei,* beide 1918, *Hurra! Hurra! Hurra! – 12 Satiren,* 1920; nach dem Ende der Berliner Dada-Bewegung enge Kontakte zu Kurt Schwitters; Hinwendung zur Photographie; 1933 Emigration nach Ibiza und über Zürich und Prag nach Frankreich; lebte seit 1944 in Limoges, dort gest. 1. 2. 1971.

fmsbwtözäu, Plakatgedicht

fmsbwtözäu

pggiv-.?mü

OFFEAHBDC, Plakatgedicht

OFFEAHBDC

BDQ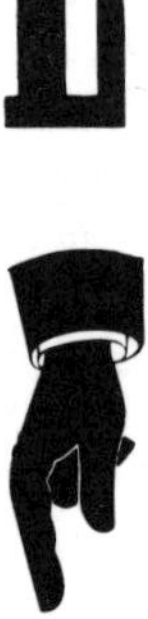,,qjyE!

kp'erioum, Optophonetisches Gedicht

kp' erioUM lp'er ioum

Nm' periii pERnomoum

bprEtiBerree eRREbe e e

ONNOo gplanpouk

konmpout pERIKOUL

RREEee EEee rrrrreeeeA

oapAerrre EEE

mgl ed padANou

MTNOU tnoum t

(bbb. Phonetisches Gedicht)

bbbb
N' m o u n m' o n o u m o n o p o u h
p
o
n
n
ee e
lousoo kilikilikoum
t'neksout coun' tsoumt sonou
correyiosou out kolou
Y' IIITTITTTTIYYYH
kirriou korrothumm
N' onou
mousah
da
ou
D A D D O U
irridadoumth
t' hmoum
kollokoum
o n o o o h h o o u u u m h n

Seelen-Automobil

Solao Solaan Alamt
lanee leneao amamb
ambi ambée enebemp
enepao kalopoo senou
seneakpooo sanakoumt
saddabt kadou koorou
korrokoum oumkpaal
lapidadkal adathoum
adaneop ealop noamth

Johannes Baader

Ludwig Meidner: Johannes Baader, Zeichnung 1913

Johannes Baader: geb. 22. 6. 1875 in Stuttgart, Besuch der dortigen Baugewerbeschule und nachfolgend Studium der Architektur, Grabmalsarchitekt; stieß 1917 durch Raoul Hausmann als Anführer einer religiösen Sekte und Verfasser der Broschüre *Die vierzehn Briefe Christi* zur Berliner-Dada-Bewegung und nahm als ›Oberdada‹ bzw. ›Dadaprophet‹ aktiv an ihr teil; spektakuläre Aktionen: Unterbrechung des Hofpredigers Dryander im Berliner Dom, Nov. 1918, Abwurf des Flugblatts *Die grüne Leiche* in der Weimarer Nationalversammlung, Februar 1919; Mitarbeiter an den Zeitschriften *Die freie Straße, Der Dada,* am *Dada-Almanach,* Dada-Soireen und der *Ersten internationalen Dada-Messe;* ab 1925 Journalist beim *Hamburgischen Korrespondenten;* gest. 15. 1. 1955 in einem Altersheim in Niederbayern.

Eines der ersten 394 Gedichte des Neuen Jahres (1897)

Ich werde sie aus ihren Angeln heben,
die ganze Welt mit ihrem Zwerggeschlecht,
denn jener feste Punkt ist mir gegeben
und auch des Hebels Arm liegt mir zurecht!

10. 10. 13

Ich bin der Atlantische Ozean.
Und der Ostwind brannte auf meinem Haupte.
Und ich sprach zu den Stillen Wassern:
Ich will einen Sohn haben.
Da schickte mir der vom Aufgang das Ei des Drachens
Und rief um die ganze Erde:
Dies ist das Tara des Taischo: D A D A !
Denn in ihm ist der Schnittpunkt aller Seelen:
Pan . . ama!

W A S
ist denn groß geschehen?

Man hat ein bißchen Kaiser und Könige gestürzt,
d. h. die sind von selbst gegangen.

Was ist denn groß geschehen?

Man hat die Offiziere auf Mannschaftslöhnung gesetzt
und sie mit der Führung der Geschäfte beauftragt.

Was ist denn groß geschehen?

Man hat etwas Gehorsam verweigert und
etwas geschossen als Ersatz für den sieg-
reichen Einzug Unter den Linden.

Aber jetzt beginnt was Großes zu geschehen:

Man militarisiert die geistigen Arbeiter.
Sie erhalten rote Hirtenstäbe und Kindersäbel.

Ea ben casa

I

Ea ben casa né nena
Mais certainemat elle est morte
ea ren, ea tétea, teti tarena
Mais est-ce qu'elle a jamais vecu?
Ella, men, mella.
Caranna, caralla, tonnia.

II

Ea ben carana
Ah quels cochons sont ces lits!
Et pourquoi ne ris-tu pas?
5 heures est l'aiguille.
Cara, cara,
Ea man mella caranna.

III

Et le Courrier de Pontoise ecrit:
Les lettres de la princesse dans le Rire
Tremblent sur le verre jaune devant la boutique du coiffeur,
Ella sur la lance de la Tomate
Ella mea mella Casanna
dada

Fiktive Nachricht vom
Tod des Oberdada, in:
Der Dada Nr. 1, Berlin 1919

Fifi

Maßreparatur speziell Rahmenarbeit ... Fifi legt 16 Eier in den grünen Rinnstein. Nicht Einstein. O du grüner Rinnstein! Wirst du die 16 Eier ausbrüten? Bitte, bitte, sagt Fifi.

Es ist grüner Dotter in meinen grünen Eiern. Und die Kücken haben grüne Glasaugen.

Fifi, warum nimmst du grüne, und nicht rote Grütze ins Haarwasser?

Aber Fifi hört nicht und sieht nicht. Sie denkt immer noch an den Rinnstein und seine grünen Glotzaugen.

Was hast du für einen großen Mund, süßer Rinnstein! Meine Kücken werden Schlagsahne essen. Ich, Fifi, werde sie kochen. Grün kochen. Es ist alles grün, was gelb ist. Fifi ist blau vor Freude.

Werde doch blau, grüner Rinnstein! Meine Kücken wollen lieber blau fressen.

Fifi ist verrückt geworden. Fifi will nur noch grüne Kücken braten. Fifi.

Maßreparatur, speziell Rahmenarbeit, singt Fifi und pfeift dazu mit ihren blaugeränderten Fußnägeln. Fifis grüne Blauaugen blitzen gelb durch den resedablanken Rinnstein.

Fifi will sich Stiefel anmessen auf der Nord-Südbahn. Fifi kauft braune Billets für ihre 16 roten Kücken und geht die Strecke ab. 400 Millionen kostet die Nordsüdbahn und früher nur 32. Fifi nimmt den grünen Rinnstein unter den Arm, setzt sich ins Gras und singt das graue Lied von der Nordsüdbahn:

O Fifi soda, fifi, fifi, fifi, ffa, ffa. O Fifi soda, fifi, fifi, ffa, ffi, ffa, fifi, ffa, fifi, ffa.
Komm, grüner Rinnstein, setz dich in die Nordsüdbahn. Und dann verschieben wir meine 16 Kücken: eines für siebzehn, eines für fünfzehn, eines für vierzehn Milliarden rote Grütze.

Aus der Arbeit

I.

Man hat mir den Speer ins Herz geworfen: »*Oberdada!*«
Und ich spielte mit ihm in meinem Herzen,
bis er glühte.
Und meine Hand zog ihn heraus aus dem Herzen,
warf ihn gegen den Himmel Zarathustras,
und ließ seine Funken sprühen
so weit über Gut und Böse,
daß ihr Feuer verwandelte das närrische Schloß DADA
in das Heiligtum der geheimen Gralsburg des Himmels.

II.

Ich schuf den Dreiklang in der Bahn der Milchstraße,
und lasse ihn rufen durch die Jahrtausende
in alle Menschenohren:
Abgeschlossen ist die erste Zeit der Menschheit!
Umgewandelt ist die Erde, euer Spielplatz!
Und ihr seid Gestirne aus Gestirnen im Himmel!
Allen Graden, die von Pol zu Pol ziehen,
über die Weltschaft Erde,
zeigt sich das Wunder des Himmels,
so lange bis alle Menschen ihr Leben spielen
als die Wohnungen, und die Vereinigungen,
und die Staatenbünde,
und die Herrschaften,
und die Königreiche,
und die Heerscharen der Himmel
im Himmel.
Erst wenn die Wandlung vollzogen ist
in allen Menschen,
und das Wissen Sein wurde,
von Mensch zu Mensch,
wird das Mal wieder verschwinden
aus der Bahn der Milchstraße,
und seine Sonnen werden andere Bilder formen
im Himmel.

III.

In der Zeit, als die »Dadaistische Bewegung« die Massen rüttelte auf der ganzen Erde, fragte man in Frankreich, wieso es komme, daß *Baader*, ein Deutscher, der »Oberdada« sei? Man erhielt keine Antwort. Aber vielleicht findet man sie in diesen Zeilen, und in dem Brief an *Tristan Tzara*, den Pariser Botschafter des Dadaismus:

Hamburg, den 15. Februar 1925.

Walter Mehring

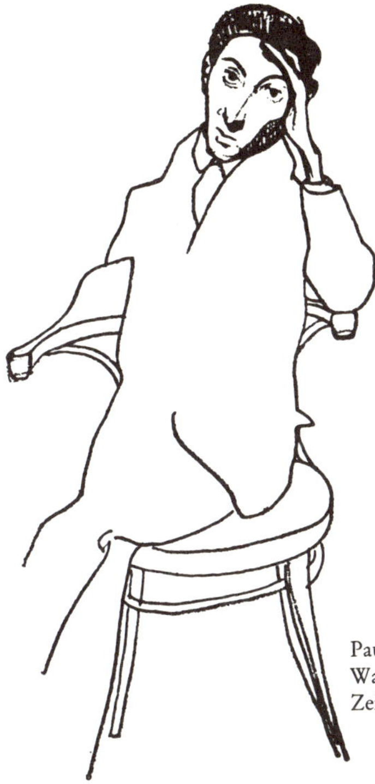

Paul Citroën:
Walter Mehring,
Zeichnung o. J.

Walter Mehring: geb. 29. 4. 1896 als Sohn des Schriftstellers Sigmar Mehring in Berlin; Studium der Kunstgeschichte in Berlin und München; erste Veröffentlichungen in der Zeitschrift *Der Sturm;* Soldat, nach der Rückkehr aus dem Felde Anschluß an die Berliner Dada-Bewegung; Beiträge in der Zeitschrift *Der Dada* und im *Dada-Almanach;* 1919 Mitwirkung in Max Reinhardts Kabarett *Schall und Rauch;* gründete 1920 ein eigenes *Politisches Cabaret;* setzte neue rhythmische Akzente in der Song- und Chansonlyrik; ab 1921 Korrespondent deutscher Zeitungen in Paris; nach erneutem Berlin-Aufenthalt Emigration über Paris nach New York; Autobiographie: *The lost Library (Die verlorene Bibliothek).* Rückkehr nach Europa erst in den späten 50er Jahren; gest. 3. 10. 1981 in Zürich.

Deutscher Liebesfrühling 1919

In Holland macht et viele Laune
De janze Jugend steht am Zaune
Wenn da ein alter Herr betrübt
Als Kürassier den Stechschritt übt
Old England kurbelt ihn mit Krone
Dann summt er in ein Grammophone:
    Aujuste jib mir'n Frühlingsschmatz,
    Die deutsche Eiche jrünt.
    In Potsdam uff'm Rummelplatz
    Wird klotzig Geld vadient.

Herr Ebert kramt im Kaiserspinde.
Er probt ne alte Schnurrbartbinde.
Luise stoppt am Hermelin
Der Druckknopf vorn genierte ihn.
Verärjert spuckt er: Volkskanaille,
Dann faßt er sacht sie um die Taille
    Luise jib mir'n Frühlingsschmatz,
    Die deutsche Eiche jrünt.
    In Potsdam uff'm Rummelplatz
    Wird klotzig Geld vadient.

Herr Noske übt jetzt Volksversöhnung
Mit Hülsenfreikorps, 5 Mark Löhnung.
Der letzte Mann, der Freiheit gröhlt,
Wird janz im Stillen abgekehlt.
Mit Eichenlaub und blut'ger Wade
Begeistert brüllt die Wachtparade:
    Ach Noske jib mir'n Frühlingsschmatz,
    Die deutsche Eichê jrünt.
    In Potsdam uff'm Rummelplatz
    Wird klotzig Geld vadient.

Maifeier

1.
Von Berlin bis Oberbayern
Soll'n wir 'n ersten Mai jetzt feiern
Jleich befiehlt die Reichsregierung:
Arbeitslosen-Dezimierung!
Todesmutig, Mann für Mann
Rückt das Freikorps Lüttwitz an.
Der Erfolg is janz enorm,
Stike! Mensch – Sozialreform!

2.
Hurra jroßer Sieg errungen
Proletarier bezwungen,
Jeder, der nach Essen lungert.
Oberschlesien ausgehungert
Strenge Zucht und gute Kost
Meldet Euch beim Grenzschutz Ost.
Der Erfolg is janz enorm
Stike! Mensch – Sozialreform!

3.
Und so wächst sozial und schnieke
Man sich aus zur Republike
Läßt am ersten Mai verkünd'gen:
Jahrestag der Schlacht bei München
Ding wird eben umbenannt
Kleinigkeit für 'n Leutenant
Der Erfolg is janz enorm
Stike! Mensch – Sozialreform!

4.
Freikorps Dohna, Freikorps Hülsen
Und am Ende kommt der Wilson
Jeder wäscht sich rein vom Blute.
Trieft nur noch von Edelmute
Und nach altem deutschen Brauch
Kriecht Germania auf dem Bauch
Ja die Pleite is enorm
Stike! Mensch – Sozialreform!

Der Coitus im Dreimäderlhaus

(Mein neuestes Gedicht mit einer Einlage: Die neue Nationalhymne)

Peitsch Dir den Hintern lila, mein süßer Fratz
Mondschein die kahle Platte (und ich lausche dem
Graswuchs)
Wo einst das Halali der Hofjagd – –
(Läuse sind phänomenalstes Dammwild)
Du Staatskokotte **Germania**
Mir krabbelt grad eine die Heerstraße lang
Wie einst im Mai nach Potsdam
Da kann kein Kaiser und kein König
Nur graue Salbe
1,25 garantiert rein
Aus den ehemaligen Beständen der Schloßapotheke.
Hab Dir nich Kleene
Immer feste druff
(Sprach Prinz Eugen der edle Ritter
Pour le merite vom Gardekorps)
Und Zieten aus dem Busch
Auch die Republik braucht Soldaten
(Noske lächelt verschämt
Wenn der Deutschnationale schwarz-weiß flaggt)
Cäcilie mein Engel,
Lüfte das Hemd, Heut ist Kaisers Geburtstag
Wir machen 'ne Extratour
Nach Amerongen
Hintenrum
Alte **175**er
Ich rechne auf Euch!
Regiment Reinhard wohldiszipliniert mit fünf Mark täglicher
Löhnung
(Nicht zu verwechseln mit Arthur Kahane vom Deutschen
Theater)
Und die Büchse der Pandora
Oder Allzeit
Schußbereit
Ja der Deutsche Soldat trifft immer ins Schwarze
Wo es am blondsten ist.

Sei gegrüßt Du mein schönes Sorrent
Ach kitzle mir mal am Hosenlatz
Mensch Ebert in Weimar!
Na Dickerchen willste mal
Letzte Liebe von Joethe
Kinder und Volksbeauftragte die Hälfte
Ohne Trinkgeldzwang
Ober 'ne Schale Jungfernhaut
Und tüchtig Melange drüber
Der Herr ist noch neu
Und denn rin ins Vergnügen!
Familienbad die Nationalversammlung.

Es braust ein Ruf wie Donnerhall
Wie Schwertgeklirr und Wogenprall:
Ein deutsches Weib, ein deutscher Suff,
Ach Männe hak mir mal die Taille uff!

Raoul Hausmann,
Heimatklänge, aus:
Hurra, Hurra, Hurra,
Berlin 1920

Publikums Lästerung

»Strafbar sind öffentliche Beschimpfung von Einrichtungen und Mißbrauch der Heiligen Symbole im Sinne des § 166 des Str. G. B.«

Ihr
Bananenrohköstler und Eisbomben-Eskimos!
Wetzt eure Löffel und ölt die Posaunen
zum Dreiklang des Jüngsten Gerichts: =
Seit Eintausend 9 hundert und 19 Jahren
front der Hl. Geist in den Bagnos eurer
»Parties honteuses« – am Weißen Nach-
Sündflut-Ausfluß!
Die Weltbörsen kabeln: »INFLATION!
  Hirnzellulose nur noch im
  Schwarzhandel greifbar – zu
  Phantasiepreisen!«
»Also erbaut euch an Skyscrapers,
die nicht in den Himmel wachsen! Mehrt euch!
Ernährt euch schlecht und recht
aus den Gulaschkanonen des
Klassenkrieges! Protzt ab! Aber
protzt nicht mit dem Sekret eurer
Adamsäpfel, die ihr vom Baum der
Erkenntnis geklaut!
Mehrwertskult ist das Goldene Kalb
der Mediokrität! Die nackte Bankrott-
erklärung der Geistlichen Impotenz =
Mit dem Feigen-Skandalblatt als
Hosenlatz = = =
Ihr aber –
  dreimal wehe euch! – betet
zur theologischen Zangengeburt
von BETLEHEM [= *Betlehelm-Steel*
Incorporated =]: »Idealste Investitur –
sofort kreuzzugtauglich / eingekleidet
in christlich-byzantinischer Ausführung! =
Hauptschlager letzter Feldgottesdienst-Mode-
messen! Nur echt mit dem Hakenkreuz [D. R. P.]
unsrer aseptisch-antisemitischen HEIL-Pillen
gegen

= demagogische Diarrhöen –
= unkontrollierbare Primäraffekte
und das delirium tremens
der literarischen Pornographie =

Gebrauchsanweisung:

»Vierundzwanzigmal täglich – vorgebeugt –
auf nüchternen Magen hinunterzuschlucken
laut behördlicher Vorschrift!
Oder: Achtung! Der MESSIAS kommt!
Der Schwarze Buh-Mann! Das unter-
leibhaftige GOTTSEIBEIUNS in
Übermenschengestalt! Die Röntgen-
Durchleuchtung eures Ebenbildes!
Doch:
wenn du glaubst
du hast'n,
dann springt er aus dem Kasten!
Da hilft kein ABSOLVO-Tee. Selbst
die sogenannt Schönen Künste sind
nachher bloß noch als Rollenpapier
benutzbar ... Und: wer sich seelisch
reinigen will, der gehe in die nächste
SAUNA, statt in die Kirche nebenan!
Denn in der Unschuld haben sich
stets die dreckigsten Hände gewaschen.
Und beim OO langt der Fortschritt
als Hinterster an ... Er kriecht der
vollendeten Tat, dem fait accompli, hintenrein!
Also
warum so revolutionär, so sozial,
so modern tun, *als ob* ... wenn euch
die Zukunft egal weg rückwärts hinaushängt?!?
Darum:
Massiert eure himmlisch-freudianischen
Wunschträume vor dem: *Wie-sie-so-*
sanft-ruhen bibelfest – mit *DADA!*«

Ihr,
Bananenbanausen und Ausbeuter-Leviathans!
Paukt es euch in die Hohlschädel ein! Und
verstopft eure Trommelfelle zum ERWACHE!
gegen die Zukunftsblechmusik!!!
Bedenket, daß Oben der HERR wohnt, der eure
Schicksale lenkt! Ansichtspostkarte genügt per adress:
GOETHEANUM – *Dornach!* – Schweiz =
= *Dr. Rudolf Steiners* anthropo-theosophische
Schweinsblasen retten eure Astral-Mazdaznan-Gemüse-
leiber todsicher in die Sieben Unsterblichkeiten . . .
Und der Generalsuperintendent *WOTAN,*
sekundiert von seinem Geflügeladjutanten
SAULUS PAULUS, bläst euch zum Appell
die INTERNATIONALE auf der Prostata . . .//

Doch aus dem Irrwald der Zweifel:
HAT CHRISTUS GELEBT?
Schallt es zurück:
Aber seid ihr geboren?

Montage zur Titelseite der Zeitschrift *Jedermann sein eigner Fußball*, Berlin, Leipzig 1919

???Was ist DADAyama???

DADAyama ist
vom Bahnhof nur durch ein'n Doppelsalto erreichbar
 Hic salto mortale!
DADAyama bringt
das Blut in Wallung
sowie die Volksseele zum Kochen
 im Melting pot
– teils Stierkampf-Arena – teils
Nationalversammlung – teils
Rot-Front-Meeting
 ½ Blech ½ Eisen
       versilbert
gleich Mehrwert dividiert durch:

 ∞ + Null komma Nichts
Tout-le-monde-mondän – die Halbwelt
auf EIFFELtürmen – in den Tiefen des
Lasters bei Sekt – bei Kaviar und Opium
 of the . . . by the . . . for the people

Jede Stadt hat ihre
 DADA-kulmi-Nation!
In DADAYAMA kulminieren
alle HEILstätten – SODOM – LOURDES –
POTSDAM – MOSKAU
Revolutionen – Terror –
Unzucht und Heimweh!
 Darum:
   Jeder keinmal
       in
DADAyama
»DADAYAMA Napoli e
        Mori«

berlin simultan

erstes Original-dada-couplet
für Richard Huelsenbeck

Im Autodreß ein self-made gent!
Passage frei! Der Praesident!
Die Heilsarmee
Stürmt das Café!
Ein Jeistprolet verreckt im Dreck
Ein girl winkt mit dem Schottenband
Ein Kerl feilscht am Kokottenstand
Her mit'm Scheck
Schiebung mit Speck
Is alles schnuppe!
Komm süße Puppe!
Ob Keilerei
Jeknutsch'
eins zwei drei
Rrrutsch
                mir den Puckel lang
                              Puckel lang
Der Berolina
Kutsch auf dem Schuckelstrang
»Jroße Ballina«
Berlin Berlin
Bei Mutter Jrien
Kann jeder mang Kann jeder mang Kann jeder mang
Das Volk steht auf! Die Fahnen raus!
Bis früh um fimfe kleine Maus
Im Ufafilm
Hoch Kaiser Wil'm!
Die Reaktion flaggt schon am Dom
Mit Hakenkreuz und Blaukreuzgas
Monokel kontra Hakennas
Auf zum Pogrom!
Beim Hippodrom!
Is alles Scheibe
Bleibt mir vom Leibe
Mit Wahljeschrei
Und Putsch

Eins zwei drei
Rrrutsch
            mir den Puckel lang
                        Puckel lang
Der Berolina
Kutsch auf dem Schuckelstrang
»Jroße Ballina«
Berlin Berlin
Die Rot'n und die Jrien'n,
Berlin zieht blank Berlin zieht blank Berlin zieht blank!
Wem nie jelang der jroße Wurf
Bei Börsenbaisse beim jrünen Turf
Wer nie sich fiehlt,
Und Lude spielt,
Die Juden raus! Die Bäuche rein!
Mit Yohimbin zum Massenmord
Hoch national der Klassenhort
Vom Fels zum Meer und Leichenstein
Allens det Jleiche
Biste erst Leiche!
Wozu't Jeschrei!
Und futsch
Eins zwei drei
Rrrutsch
            mir den Puckel lang
                        Puckel lang
Der Berolina
Kutsch auf dem Schnuckelstrang
»Jroße Ballina«
Liegste im Jrien'n
Pfeift oben Berlin
Die Rasenbank   Die Rasenbank   Die Rasenbank.

Wieland Herzfelde

Ausschnitt aus einem Gruppenfoto, 1922

Wieland Herzfelde: (eigentl. Herzfeld) geb. 11. 4. 1896 in Weggis/Schweiz; Bruder John Heartfields, mit ihm zusammen in Berlin Gründer der Zeitschrift *Neue Jugend*, 1916, und des Malik-Verlags, 1917 (in der Weimarer Republik wichtigster linkspolitischer Alternativ-Verlag); dort Erscheinen der ersten Grosz-Graphik-Mappen und der Zeitschriften *Jedermann sein eigner Fußball*, *Der Dada* (Nr. 3), *Die Pleite* (als deren Sonderheft Herzfeldes Bericht *Schutzhaft*, Erlebnisse vom 7. bis 20. März 1919); Ende 1918 Eintritt in die KPD; Mitveranstalter der *Ersten internationalen Dada-Messe*, mitangeklagt im sogenannten ›Dada-Prozeß‹; 1933 über Prag und London Emigration in die USA; nach dem 2. Weltkrieg Rückkehr in die DDR, lebt in Berlin.

Trauerdiriflog

Wante quante wante,
Da sitzt ja meine Tante,
Seit Ephraim die Sparbüchse verschluckte,
Irrt sie – eija, eija –
Umher und zahlt keine Steuern.
Wirth unter Schweiß massiert seinen Steiß
Mit Fleiß!
Safte vita rati rota sqa momofante,
Was weinst du, greise Tante,
Oelisante ist tot! Oelisante ist tot?
Himmelherrgottkruzitürkensakramentschock-
schwerenot!
Die war mir noch funfzehn funfzig schuldig.

BERLIN DADA † † †

Das Dadalyripipidon

Johannes B. Krystuus,
der erste ungarische Dadaist.

sodann
hui
scheel **X** Dalypi ; aufatmen
war Daripi abbh oder
Hai Selter

Das Dadalyripipidon.

Den Dadalyden lotselt Pipikotzmos,
Die Pipiratten späheln nach dem Dadalon.
Sieh! Da & Pi, Dapi, Pida, Pidadapi.
Auch der Mestrieze Dapidapi frosig bahreln.
Zuvörderst darfst dem Daad du fröhnen,
Junger Pipi (so pipida und dapipi dada).
Dem Dadaphon entströmeln sanfte Jamben.
Wer könnte – ohne Dadanent des Pipidroms zu sein.
Darob: Das Ganze stillgestanden (Mittelding),
Datater: dat!
Sprecht Dadamuden.
Der Laubfrosch säugelt euch mit Pipxin?
Der du die Dha von Daad stets peinlich weißt zu scheiteln,
Auf, auf, an's Dadapult, sag's nicht dem Gnömmel-Bömmel.
Gewissenlose Pipidranten flöteln,
Zumal Fritz Friedrich Sunlight (v. Sonderscheunochzagen),
Die mistverpichten Präpipister töteln.
Deromaleinst Milliarden Dadaisten ragen.

PROGRESS-DADA

Hannah Höch

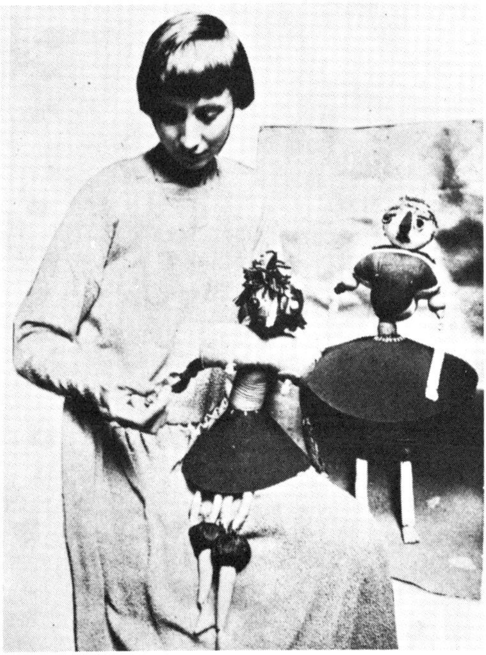

Mit Dada-Puppen, Foto 1920

Hannah Höch: geb. 1. 11. 1889 in Gotha/Thüringen; Studium an der Kunstgewerbeschule in Berlin-Charlottenburg; ab 1915 Freundschaft und Zusammenarbeit mit Raoul Hausmann; ab 1916 Teilzeitbeschäftigung als Entwurfzeichnerin im Ullstein-Verlag; von Anfang an Mitarbeit in der Berliner Dada-Bewegung; seit 1918 erste Photomontagen (u. a. *Der Schnitt mit dem Küchenmesser durch die letzte Weimarer Bierbauchkulturepoche Deutschlands,* 1919/20) und Dada-Puppen; Beteiligung an der *Ersten internationalen Dada-Messe;* 1921 gem. mit Hausmann und Schwitters Dada-Tournee nach Prag, danach Trennung von Hausmann, aber weiter kameradschaftlicher Kontakt mit Schwitters, an dessen Merz-Bau sie aktiv mitarbeitete; schuf ein Collagenwerk von hohem Rang; gest. am 31. 5. 1978 in West-Berlin.

An Hans Arp

Gesucht
Geschäfts- und andere Räume
    Seht, Sonnen gehen ja nicht unter
    und auch die Seifenblase ist
    zum Teil mit Himmel gefüllt.
    ›Auch was Rührendes‹
Zinsendienst 15 vom Hundert
Verwaltungskosten 800 vom Hundert
Instandsetzungskosten 2000 vom Hundert
    Das weiss er besser.
    Ihr alle kocht in Maulwurfshügeln
    den Reisbrei eurer Kindheit.
    Noch und noch.
    Er aber erörtert niemals
    blaue, rote gelbe
    oder irgendwelche
    Schuldfragen.
Mord
500 Millionen Belohnung!
erfreute uns am Sonnabend
in der 1439ten bis 1440ten Minute
    Er steht allein,
    DADA in kleinen Händen.
    ein Nelkenduft der die Mücken zur
    Paarung lockt.
    Er beschreibt sein durchsonntes
    Briefpapier
    Mit DADA:
    ›die Schwalbe ist ein glückbringender
    Vogel‹
    ER ist links dada
    und ist rechts dada
    er ist oben und unten dada
    und in der Mitte trifft es sich.
    Es entgehen ihm nicht die
    Staubmäuse
    die im Goldgewand der Madonna

ihre Jungen nähren.
Den blauen Firnis
sieht er in der Frühe
ehe die Schnecken und die Nebel
schlafen gehen.
Kaisersaal Rheingold
Gesellschaftstanz
Aber er schneidet den Horizont
jeden Morgen neu zu.
Rat in vorkommenden Fällen
ärztlich ausgebildete Frau Schülz
Potsdamerstraße 4
..Abendrennen im Sportpalast..
Ruuuuum sagte der grosse Donner
und umarmte seinen Bruder
IHN.

Hannah Höch, Raoul Hausmann, *Bildnis Raoul Hausmann u. Hannah Höch (nach ihrer Rückkehr aus Rom)*, 1920

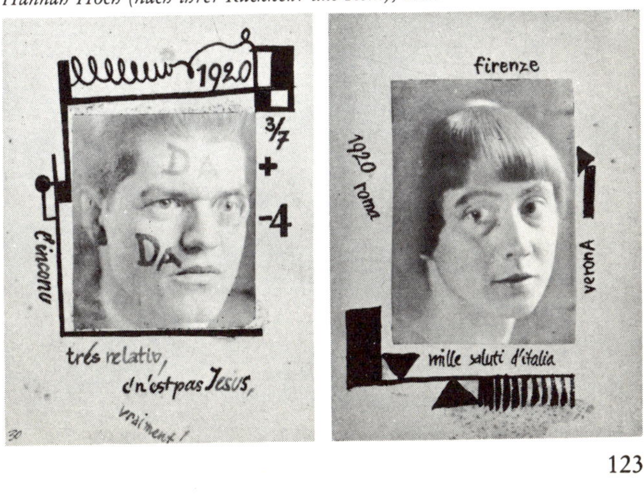

Gemeinschaftsarbeiten

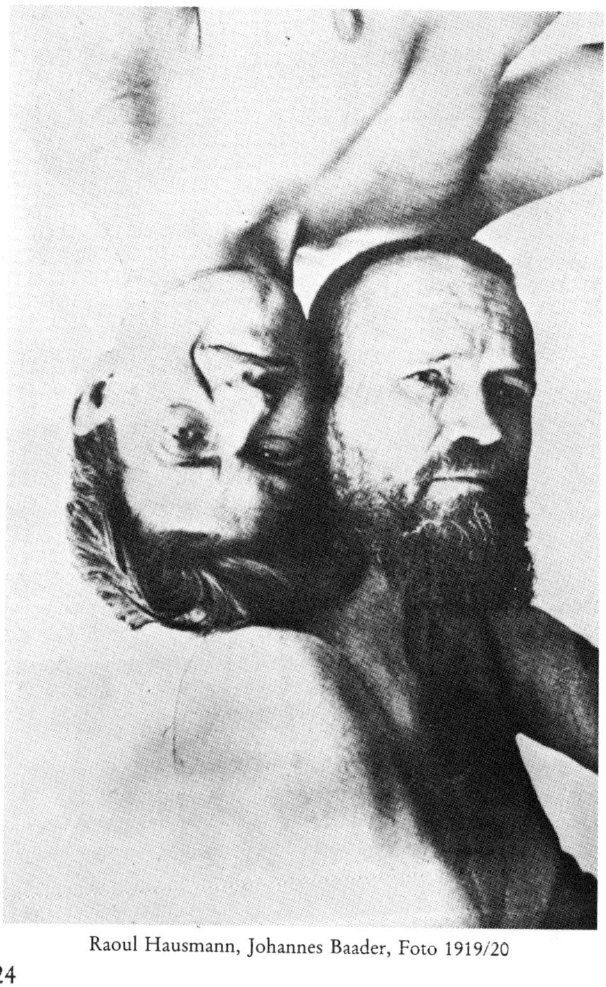

Raoul Hausmann, Johannes Baader, Foto 1919/20

dadadegie

hausmann - baader

3/ 3333/3333

13 : 7 = 1, 85714285 . . . .
60
40
50
10
30
20
60
40

5,0

I
O
A
D
G
D
A
T
T
T
S
A
e

Ach

3,14159

5.9.2.1.8.3.4.7.10.11.6

16,305

Kurt Schwitters, Raoul Hausmann, Programm der MERZ-Matinéen, 1921

MERZ-DADA

In einem Akt der Demontage ist die Bezeichnung MERZ, die Kurt Schwitters für seine Kunst- und Literaturaktivitäten wählte, aus dem Wort ›Kommerz‹ gebildet: die Art und Weise der Begriffsbildung ist nicht weniger charakteristisch als die von DADA. MERZ ist dabei DADA und Anti-DADA zugleich. Wie das? Aus Herwarth Waldens Berliner expressionistischem *Sturm*-Kreis – mit der gleichnamigen Zeitschrift – herkommend, tendierte Schwitters zu Experimenten, die ihn in engste Nähe zu den Berliner DADAisten brachten. Klassisch geworden ist seine Vorstellungsformel, mit der er sich um Aufnahme in den *Club Dada* bewarb: »Ich bin Maler, ich nagle meine Bilder.« »Das war neu und sympathisch«, berichtet Hausmann: »Es kam heraus, daß der Mann auch Gedichte machte. Er sagte einige. Sie schienen mir noch unter dem Einfluß von Stramm zu stehen, doch eins erschien mir neu und gut«; aber der *Zentralrat* und besonders Huelsenbeck konnten sich zu keiner Aufnahme in den *Club* entschließen. Und dies war gut so, glossiert Hausmann in seinen späteren Erinnerungen, denn so habe Schwitters eine größere Unabhängigkeit bewahrt, um seine Form von DADA – eben MERZ – zu finden.
Nach dem Zerfall der Berliner DADA-Bewegung kam es zu einer engen Zusammenarbeit zwischen Schwitters und Hausmann, die nach dem Zweiten Weltkrieg noch einmal aufgenommen wurde und sogar zu einer gemeinsamen Publikation – *Pin and the Story of Pin*, London 1962 – führte. Beide unternahmen September 1921 unterm Titel ›Merz und Antidada‹ eine gemeinsame Tournee nach Prag, deren Programm sie bei Hannah Höch zusammenstellten; Hausmann schreibt: »Schwitters zeigte mir, was er sprechen wollte, unter anderem ›Das Alphabet von hinten gelesen‹, ein erster

Schritt zu einem Lautgedicht. Ich zeigte ihm meine Plakatgedichte von 1918, die ihm gänzlich neu waren. Sie erstaunten ihn, hatten ihn aber noch nicht gebissen, er hatte noch nicht angebissen.« Die Aufführung selbst stach von der tumultuösen Matinée im Februar 1920 – mit Huelsenbeck, Hausmann und Baader, der aber kurz vor Veranstaltungsbeginn das Weite gesucht hatte – nicht unwesentlich ab: »Auf dem niedrigen Podium des Saales der Produktenbörse erschienen zwei einfache Männer, die mit klaren Stimmen anfingen, die ›Revolution in Revon‹ von Schwitters abwechselnd zu rezitieren. Den ersten Satz, ›Mama, da s-teht ein Mann‹, Schwitters, den zweiten Satz, ›Mama, da s-teht ein Mann‹, Hausmann; so bis zum Ende. Großer Beifall. Ebenso wurde verfahren mit dem Gedicht ›Zigarren‹ von Schwitters; der Wechsel der beiden Stimmen machte die Wiederholung desselben Wortes in verschieden starker Betonung sehr reich. Darauf Hausmanns ›Seelenautomobile‹, Lautgedichte, darunter das später so bekannt gewordene ›fmsbwtözäu‹ etc. Daß Schwitters ›Anna Blume‹ sprach, war nur natürlich. Und das ›Alphabet von rückwärts gelesen‹. Kurz, ein ganzer Erfolg. / Nein, kein Skandal, ein Erfolg. Ein großer Erfolg. / MERZ plus AntiDADA. 1. September 1921. In Prag.«
Diese Lesung, die das Publikum durch »Neuheit und Vollkommenheit« überraschte und gewann, zeigte bei Schwitters seltsame Nachwirkungen, wie wir aus dem anekdotischen Bericht Hausmanns wissen; bei einem Abstecher in die Sächsische Schweiz sei es zur Initialzündung in puncto Lautgedicht gekommen: »Kurt begann gleich morgens: ›fmsbwtözäu, pgiff, pgiff, mü‹ – er ließ den ganzen Tag nicht mehr locker, bis zu dem Wunder von Wasserkunst. Eine Schlucht; man sah nichts, als in etwa 2 Meter Höhe eine Tafel, auf der stand: ›Nach Einwurf von 10 Pfennig, an der Leine ziehen.‹ Wir sahen eine Art Griff, wie in einem Water-Closet. Wir warfen unser 10-Pfennig-Stück in den Schlitz einer Büchse und zogen: nach ein paar Augenblicken rieselte ein dünner Wasserstrahl wie lächerliches Gepinkel die Felsen herab. / Auf dem Rückweg begann Schwitters wieder: ›fms‹ und ›fms‹ und immer wieder ›fmsbw‹; es wurde ein bißchen viel. / Dies war der Ausgangspunkt für seine ›Ursonate‹. / Erst trug Schwitters mein Gedicht im ›Sturm‹ als ›Porträt

Raoul Hausmann‹ vor, später, gegen 1923, hatte er es stark ausgebaut in 50facher Wiederholung und endlich 1932 hatte er das Scherzo ›lanke trrgll‹ und andere Teile dazu erfunden und das Ganze als ›Urlautsonate‹ in seinem ›MERZ‹ Nr. 24 veröffentlicht.« – Eben diese *Urlautsonate* gilt also zu Recht nicht nur als eines der zentralen Stücke Schwitters'scher MERZ-Dichtung, sondern insgesamt der DADAistischen Lautpoesie!

In seiner Parteinahme für MERZ als aus dem DADAismus überlebendes Prinzip abstrakter Kunst setzte sich Schwitters gegen einen – nach Richard Huelsenbeck – so von ihm getauften ›Huelsendadaismus‹ ab: »Ursprünglich gab es nur Kerndadaisten, die Huelsendadaisten haben sich von diesem ursprünglichen Kern unter ihrem Führer Huelsenbeck abgeschält und bei der Abspaltung Teile des Kernes mitgerissen. Das Abschälen vollzog sich unter lautem Geheul, Absingen der Marseillaise und Verteilen von Fußtritten mit den Ellenbogen, eine Taktik, deren sich Huelsenbeck noch heute bedient. Der Dadaismus wurde unter Huelsenbeck eine politische Angelegenheit. Das bekannte Manifest des dadaistischen revolutionären Zentralrates Deutschlands verlangt die Einführung des radikalen Kommunismus als dadaistische Forderung.« Er selbst setzte 1923 – von Holland-DADA Theo van Doesburg, Hans Arp, Tristan Tzara und Christoph Spengemann mitunterzeichnet – sein *Manifest Proletkunst* entgegen, in dem er eine an eine »bestimmte Klasse von Menschen« gebundene Kunst bestritt, das Proletariat wie das Bürgertum zu einem Zustand erklärte, der überwunden werden müsse, und für sich und seine Gruppe propagierte: »Das, was wir hingegen vorbereiten, ist das Gesamtkunstwerk, welches erhaben ist über alle Plakate, ob sie für Sekt, Dada oder Kommunistische Diktatur gemacht sind.«

Hausmann und Schwitters trafen sich aber auch in der Wertschätzung des Nonsensicalischen, Absurden und Banalen. »Mir tut der Unsinn leid, daß er bislang so selten künstlerisch geformt wurde, deshalb liebe ich Unsinn.«; oder: »Die Welt ist banal, und zwar um so banaler, je mehr sie sich betut« – so lauteten entscheidende Manifest-Passagen. Entsprechungen in der lyrischen Produktion bieten einerseits das reduktionistische *i*-Gedicht, zu dem es heißt:

»in Verbindung mit dem Kunstwerk, welches erst durch den Beschauer wird, wird alles i. Wenn Sie selber Künstler sind, brauchen Sie bloß zuzupacken, und Sie haben ein Kunstwerk. Sehen Sie, das nenne ich i. Sie sind plötzlich selber i, indem Sie sich selber erfaßt haben.« Und andererseits Texte, direkt aus dem Manifest heraus *Banalitäten* genannt; dabei handelt es sich häufig um Zitate, Sprachfundstücke und deren Imitationen, die, »durch Dadaisten erkannt und gewollt«, eine »sehr wertvolle Unterscheidungsmöglichkeit« bieten: »Die Dadaisten schaffen dada, die Welt ist dada, und zwar i = dada. (...) Und so leben wir in einem i = dada-Zeitalter, das die Dadaisten in ein dada-Zeitalter verwandelt haben durch innere Konsequenz. Nicht alle Banalitäten sind dada complet, aber in jeder Banalität ist eine Menge dadaistischen Blödsinns versteckt. Ich habe Banalitäten vermerzt, d. h. ein Kunstwerk aus Gegenüberstellung und Wertung an sich banaler Sätze gemacht.« Einiges davon ist ›volkstümlich‹ – etwa im Sinn von Wilhelm Busch oder Christian Morgenstern!

Kurt Schwitters

Foto
1919

Kurt Schwitters: geb. 20. 6. 1887 in Hannover; Besuch der Kunstgewerbeschule in Hannover, anschließend Studium an der Kunstakademie in Dresden; kurzer Militärdienst; 1918/19 Studium an der Technischen Hochschule Hannover; 1919 erste Merz-Bilder und Merz-Dichtungen, veröffentlicht in der Zeitschrift *Der Sturm;* von den Berliner Dadaisten abgelehnt; eigener Weg zur abstrakten Poesie, zum Lautgedicht und zur Textcollage; in der Spätphase von Dada-Zürich Kontakte mit Hans Arp, in der Spätphase von Dada-Berlin mit Raoul Hausmann; Veröffentlichungen: *Anna Blume, Dichtungen,* 1919, *Die Blume Anna,* 1923; 1923 bis 1932 Hrsg. der Zeitschrift *MERZ;* 1937 Emigration nach Norwegen, Flucht nach England, gest. 8. 1. 1948 in Ambleside/England.

Welt voll Irrsinn

Ich
Du
Er sie es
Wir ihr sie,
Ein Friedhof,
Lebendige Forellensauce überlaut.
Ich über du
Überlaut
Forellenfriedhof über
Er du Forellenfisch
Lebendig still
Du!
Ein Friedhof überstill
Wir leben
Wir –
Forelle lebt Friedhof
Lebendige Forelle spielt
Wir spielen Leben
Ich spiele du.
Still!
Spielen wir?
Leben wir?
Wir
Ihr
Sie.

An Anna Blume

Oh Du, Geliebte meiner 27 Sinne, ich liebe Dir!
Du, Deiner, Dich Dir, ich Dir, Du mir, – – – – wir?
Das gehört beiläufig nicht hierher!
Wer bist Du, ungezähltes Frauenzimmer, Du bist, bist Du?
Die Leute sagen, Du wärest.
Laß sie sagen, sie wissen nicht, wie der Kirchturm steht.
Du trägst den Hut auf Deinen Füßen und wanderst auf die
Hände,
Auf den Händen wanderst Du.
Halloh, Deine roten Kleider, in weiße Falten zersägt,
Rot liebe ich Anna Blume, rot liebe ich Dir.
Du, Deiner, Dich Dir, ich Dir, Du mir, – – – – – – wir?
Das gehört beiläufig in die kalte Glut!
Anna Blume, rote Anna Blume, wie sagen die Leute?

Preisfrage:
1.) Anna Blume hat ein Vogel,
2.) Anna Blume ist rot.
3.) Welche Farbe hat der Vogel.

Blau ist die Farbe Deines gelben Haares,
Rot ist die Farbe Deines grünen Vogels.
Du schlichtes Mädchen im Alltagskleid,
Du liebes grünes Tier, ich liebe Dir!
Du Deiner Dich Dir, ich Dir, Du mir, – – – – wir!
Das gehört beiläufig in die – – – Glutenkiste.
Anna Blume, Anna, A– – – – –N– – – – –N– – – – –A!
Ich träufle Deinen Namen.
Dein Name tropft wie weiches Rindertalg.
Weißt Du es Anna, weißt Du es schon,
Man kann Dich auch von hinten lesen.
Und Du, Du Herrlichste von allen,
Du bist von hinten, wie von vorne:
A– – – – – – –N– – – – – – – –N– – – – – – – –A.
Rindertalg träufelt STREICHELN über meinen Rücken.
Anna Blume,
Du tropfes Tier,
Ich– – – – – – – – –liebe– – – – – – – – –Dir!

Nennen Sie es Ausschlachtung

Anna Blume ist die Stimmung, direkt vor und direkt nach dem Zubettegehen.
Anna Blume ist die Dame neben Dir
Anna Blume ist das einzige Gefühl für Liebe, dessen Du überhaupt fähig bist
Anna Blume bist Du
Anna Blume ausschlachten heißt Dich schlachten
Bist Du schon einmal geschlachtet worden?
Anna Blume schlachten heißt Dich ausschlachten
Du läßt Dich gern ausschlachten?
Schlachte Anna Blume, die Stimmung vor dem Zubettgehen
Schlachte Anna Blume, die Dame neben Dir
Anna Blume schlachten, ist die einzige Ausschlachtung, deren Du überhaupt fähig bist
Wenn Du nicht zufällig, Merz wolle Dich bewahren, ein ganz unfähiger Mensch sein solltest.

Kurt Schwitters, *Annonce*, 1922

Simultangedicht
kaa gee dee

kaa gee dee	takepak	tapekek
katedraale	take	tape
draale	takepak	kek kek
kaa tee dee	takepak	tapekek
kateedraale	take	tape
draale	takepak	kek kek
(alle:)	oowenduumiir	
kaa tee dee	diimaan	tapekek
kateedraale	diimaan	tape
draale	diimaan	kek kek
didiimaan	- - - - - -	didiimaan
	diimaan	
(alle:)	aawanduumiir	

das schiffchen:

DADA NACHRICHTEN

In Rotterdam annonciert ein Geschäft: »Uitverkoop tot **dada**prijzen.« Man sieht, wie populär dada in Holland geworden ist. – Herr Bremmer soll 50 Fl. Honorar nehmen, wenn man ihm Kunst zeigt. Was mag er nehmen, wenn man ihm **i** zeigt? – Im Sturmverlag ist Auguste Bolte kürzlich erschienen. Auguste Bolte wußte, was sie wollte, genau wie Herr Heyting.

K. S.

Kurt Schwitters, *das schiffchen*, DADA NACHRICHTEN, 1923

Cigarren [elementar]

Cigarren
Ci
garr
ren
Ce
i
ge
a
err
err
e
en
Ce
CeI
CeIGe
CeIGeA
CeIGeAErr
CeIGeAErrEr
CeIGeAErrErr
CeIGeAErrErr
ErrEEn
EEn
En
Ce
i
ge
a
err
err
e
en
CI
garr
ren
Cigarren (Der letzte Vers wird gesungen.)

An das Proletariat Berlins! Durchgangsverkehr

Die Kohlennot ist groß
Spart Gas und Fahrkartenpreise! (Übergangsverkehr.)
Fundsachen werden ersucht, die Bekanntmachung an der
    Leine zu führen
Hunde sind an den Bahnhofsbeamten zu versteuern
Schalterverwaltung im Krankenhaus (Nichtraucher
    unverwüstlich.)
Dieser Platz ist für die ungehinderten Hunde abzugeben
Jeder Handel ist Unbefugten Zahnpasta (auch der
    Schleichhandel.)
Juwelen sind untersagt und an der Weiterfahrt
    ausgeschlossen.
Ungeschützte Hutnadeln müssen in den Mittelgang treten
Nicht in den fahrenden Genossen springen (wenn der Zug
    hält.)
Nicht öffnen, bevor der Zug fährt (zur Pflege der Zähne.)
Das ist der Kardinalfehler unserer Politik.

Gedicht

b
f
bw
fms
bwre
fmsbewe
bewereta
fmsbewetä
p
beweretäzä
fmsbewetäzä
p
beweretäzäu
fmsbeweretäzäu
pege
fmsbewetäzäu
pegiff
Qui – E

Das i-Gedicht

[lies: „rauf, runter, rauf, Pünktchen drauf.“]

Gesetztes Bildgedicht

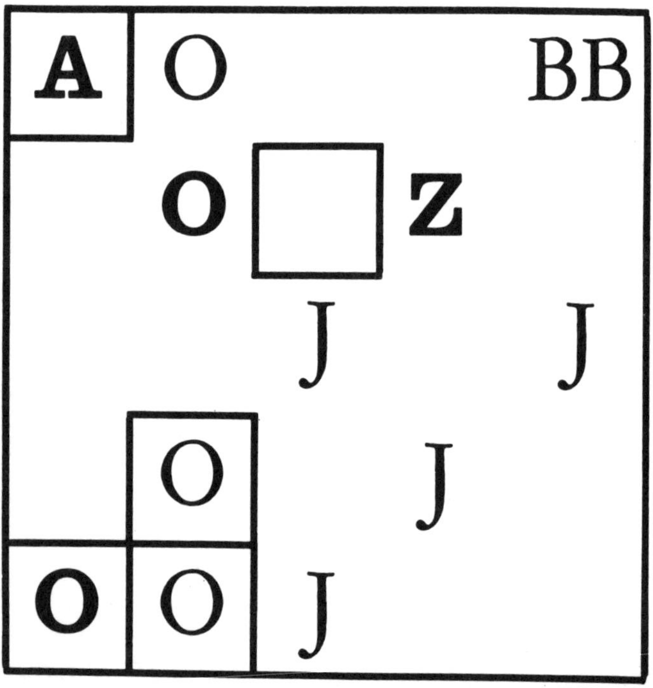

Zwölf

Eins Zwei Drei Vier Fünf
Fünf Vier Drei Zwei Eins
Zwei Drei Vier Fünf Sechs
Sechs Fünf Vier Drei Zwei
Sieben Sieben Sieben Sieben Sieben
Acht Eins
Neun Eins
Zehn Eins
Elf Eins
Zehn Neun Acht Sieben Sechs
Fünf Vier Drei Zwei Eins

Banalitäten aus dem Chinesischen

Fliegen haben kurze Beine.
Eile ist des Witzes Weile.
Rote Himbeeren sind rot.
Das Ende ist der Anfang jeden Endes.
Der Anfang ist das Ende jeden Anfangs.
Banalität ist jeden Bürgers Zier.
Das Bürgertum ist aller Bürger Anfang.
Bürger haben kurze Fliegen.
Würze ist des Witzes Kürze.
Jede Frau hat eine Schürze.
Jeder Anfang hat sein Ende.
Die Welt ist voll von klugen Leuten.
Kluge ist dumm.
Nicht alles, was man Expressionismus nennt, ist
Ausdruckskunst.
Kluge ist immer noch dumm.
Dumme ist klug.
Kluge bleibt dumm.

Denaturierte Poesie

Was kräuselst Du Dein Hä-ärchen,
Eins zwei drei, ja Hä-ärchen,
Wenn Du einen andern liebst?
Ich weiß von keiner Liebe nich,
Eins zwei drei, ja Liebe nich,
Ich weiß von keinen Zwein,
Eins zwei drei, ja Zwein.
Der Teufel soll mir ho-olen,
Eins zwei drei, ja ho-olen,
Wenn ich einen andern lieb.
Und wenn in Herz und Hirne
Der Sorgen Glut,
Da legt sichs auf die Stirne,
Wie ein Hut.
Von tränenfeuchten Wangen
Ein Strahl des Trostes lacht,
Als hätten sie empfangen.
Hat bald sich heimgemacht.
Er schafft sich wirkend seine,
Ein zwei drei, ja seine;
Der Spötter Witz kann nichts,
Fließen auf Erden auch keine,
Aber ein Kleines hat alles.
Und häuft sich noch so trübe
Ums Herz gebrannt,
Ich weiß von keiner Lübe,
Eins zwei drei, ja Lühübee
Wie Zuckerkand.
Eins zwei drei, ja Kand.
Was kräuselst Du Dein Hä-ärchen,
Ein zwei drei, ja Hä-ärchen,
Wie ein Hut.

A.M.

Er fiel in einen Narrenstall.
Da rauscht ein zäher Wasserfall.
Da sank ein zäher Gummiball.
Er aß von seinem Widerhall.
Da gab er seinen zähen Knall.
Wer gab da seinen zähen Knall?
Der zähe Gummiwasserfall?
So endete der zähe Prall
Im allgemeinen Knall und Fall:
Von Arp und Merz in diesem Fall.
So springt ein zäher Wasserball.

Seenot

Wenn die Kraniche bellen
Auf den tanzenden Wellen,
Muß das Schifflein zerschellen.

Und die tausend Raketen,
Die beleuchten das täten,
Würden grausam zertreten.

Wer das jemals erlebet,
An den Zähnen erbebet
Und ins Jenseits entschwehöbet!

Onkel Heini-Schlager

Und wenn die Welten untergehn,
Bleibt Onkel Heini doch bestehn,
Denn unser braver Onkel Heini
Hat immer noch die krummsten Beini.

Denn Heini braucht sich nicht zu bücken,
Es kann ihn doch kein Stern erdrücken.
Denn Sterne sausen stets bei Heini
Hindurch durch seine krummen Beini.

O, lieber Onkel Heini,
Wie krumm sind Deine Beini!
Wie sind die Beini krumm,
Wie ist das dumm!

Und ist der Erdenuntergang
Vorbei schon kilometerlang,
Der Stern ist längst vorbeigeflogen,
Von Heinis krummem Bein betrogen –

Warum denn hat der Onkel Heini
Noch immer stets die krummsten Beini,
Denn ließe er sie grade machen,
Dann würden alle Mädchen lachen.

O lieber Onkel Heini,
Wie krumm sind Deine Beini,
Wie sind die Beini krumm,
Wie ist das dumm!

DADA-Köln

Eine eigene DADA-Bewegung – über Hans Arp mit der Spätphase von DADA-Zürich verbunden und dann Kontakt suchend zu DADA-Paris, dessen Motor Tristan Tzara wurde – bildete sich in Köln zwischen Spätsommer 1919 und Frühjahr 1920: ihr gehörten ›dadamax‹ Max Ernst, Theodor Baargeld (eigentl. Alfred Ferdinand Gruenwald) sowie Angelika und Heinrich Hoerle an. Im Vorfeld spielte die von Baargeld finanzierte, marxistisch-orientierte Satire-Zeitschrift *Der Ventilator* – im Untertitel als »Unterhaltungsbeilage zur Tagespresse« ausgegeben – eine wichtige vorbereitende Rolle; in ihr war zwar von DADA noch nicht die Rede, doch bestand – in Tonlage und Tendenz – eine gewisse Nähe zu den politisch gefärbten Pamphleten der Berliner DADAisten: »Warnung! Traut niemanden! Traut nicht dem offenbarsten Augenschein. Es sind Geheimbünde unter euch – traut euch selber nicht. Es gehen verdächtige Gedanken und Gefühlsepidemien um. Kein Mensch ist sicher! Am wenigsten vor sich selber« oder »Bürger! Haltet euch an dem, was ihr besitzt. (. . .) Verbarrikadiert eure Gefühle. Haltet euch am Besitz – euer gefährlichster Feind ist der Geist«, hieß es programmatisch gleich in der Eröffnungsnummer, die Anfang März 1919 herauskam. Als »dadaistische Umtriebe« – Ausdruck einer »experimentellen Psychiatrie (. . .), die für Futurismus, Cubismus, Dadaismus und sonst verrückten Expressionismus« schwärme und damit »den Bolschewismus in der Kunst zur Herrschaft zu bringen« suche – bezeichnete die lokale Tagespresse zu diesem Zeitpunkt die Störung einer expressionistischen Lyrik-Lesung und vor allem den sogenannten ›Theaterputsch‹, die Störung einer Aufführung des reaktionären Theaterstücks *Der junge König* im Kölner Schauspielhaus mit Zwischenrufen wie: »Das ist ja Mist«, »das ist ein Dreckstück« oder »Werft den Verfasser raus.«

Als Eigenbezeichnung tauchte der Name ›Dada‹ erstmals mit dem Ausstellungskatalog *Bulletin D* auf, der November 1919 den Bruch der Künstlergruppe um Max Ernst und Johannes Theodor Baargeld mit der »malenden Korporation« der *Gesellschaft der Künste* und der expressionistisch orientierten Künstlergruppe *Der Strom* signalisierte: »Cézanne ist chewing-gum« und »Van Gogh roch aus dem Mund und ist tot. Eljen dada!« formulierte der einleitende, auf einzelne dem Alphabet folgende Sprecher – Ahehe, Behehe, Cehehe etc. – aufgeteilte Text. Mitausgestellt waren sechs Zeichnungen von Hans Arp, zu dem sich neuerlich ein sehr intensiver Kontakt hergestellt hatte, der dann auch – als Arp Februar 1920 und öfters zu Besuch bei seinem Vater in Köln war – zu gemeinsamen Collagearbeiten (*Fatagaga*-Collagen: *FAbrication de TAbleaux GAsométriques GArantis*) und in ihrer Folge zu gemeinsamen Texten führte. Über die Arbeiten der Kölner Künstlergruppe hinaus fiel der Blick auf Arbeiten von Kindern, Sonntagsmalern und Geisteskranken, die als »Ergebnis kreativer Tätigkeit« erkannt und »für ausstellungswürdig« befunden wurden. Das leitete über zum Motto der – Februar 1920 – in einer einzigen Nummer erschienenen Zeitschrift *die schammade:* »(dilettanten erhebt euch)«. »Wenn der künstler untergeht fängt die kunst zu schwimmen an«, führte Heinrich Hoerle aus – oder: »wenn der mensch untergeht beginnt der dilettant«, »das leben ist frei der dilettant kann beginnen« und »jedermann der clown des andern«.
In den Mitarbeiter-Namen des *Dadameter* auf der Titelseite der *schammade* dokumentierte sich der enge Zusammenhang zwischen DADA-Köln und DADA-Paris, der sich über Tristan Tzara hergestellt hatte: neben dem Vermittler selbst sind Louis Aragon, André Breton, Paul Eluard, Francis Picabia, Georges Ribemont-Dessaignes und Philippe Soupault mit französischen Beiträgen in der Zeitschrift vertreten. Ihnen gegenüber kamen nur noch Walter Serner und Richard Huelsenbeck zu Wort. Kurt Schwitters verspottete man als »mehrheitsdada« und – in Anspielung auf seine Zugehörigkeit zum *Sturm*-Expressionismus – als »Sturmpuben«. Allerdings beteiligten sich die Kölner DADAisten März 1920 an der ›Ersten internationalen Dada-Messe‹ der Berliner

DADAisten. Unter dem Titel *Dadavorfrühling* hatten sie zu diesem Zeitpunkt ihren eigenen Ausstellungs-Höhepunkt in Köln schon hinter sich. Freilich existieren von dieser Exposition im *Brauhaus Winter* in der Hauptsache nur die mündlichen Berichte Max Ernsts; sie ergeben – zusammengesetzt aus unterschiedlichen Versionen, wie sie kolportiert sind – in etwa folgendes Bild: die Polizei habe die Ausstellung vorübergehend geschlossen, »weil sie nur durch das Herrenpissoir des Lokals erreichbar gewesen sei, was den Verdacht habe aufkommen lassen, es handele sich um eine Werbeveranstaltung für ein Bordell von Homosexuellen. Bei der Eröffnung der Ausstellung habe am Eingang des Lichthofes ein kleines Mädchen im Kommunionskleid gestanden und zotige Gedichte vorgetragen. Die Besucher seien aufgefordert worden, eine der Arbeiten von Max Ernst zu zerstören. Max Ernst selber hat zeitweise eine andere Version dazugegeben: »›Die vom Publikum zerstörten Werke wurden regelmäßig durch neue ersetzt.‹ Die von der Polizei verfügte Schließung ist offenbar zusätzlich mit dem Vorwurf der Pornographie erfolgt. Als obszön soll sich dann lediglich Dürers Kupferstich ›Adam und Eva‹ erwiesen haben, den Max Ernst in einer Skulptur verwendet hatte. Daß die Ausstellung geschlossen worden war, ist auf jeden Fall historisch belegt. Ein Plakat zur Wiedereröffnung unter der Schlagzeile ›Dada siegt‹ ist überliefert«.

Kurz nach der Zeitschriften-Publikation und nach dieser Ausstellung traten die Kölner DADAisten auseinander und entfremdeten sich. Zu einem Treffen in Tirol, das im Sommer 1921 Kölner und Pariser DADAisten zusammenführen sollte – später auf den Veröffentlichungstitel *Dada au grand air, Der Sängerkrieg in Tirol* fixiert –, reiste nur noch Max Ernst an und traf sich in Tarrenz bei Imst mit Hans Arp, Sophie Taeuber und Tristan Tzara; etwas über ein Jahr später – September 1922 – löste er sich überhaupt von Köln und wechselte nach einem abermaligen Aufenthalt in Imst – nun gemeinsam mit Gala und Paul Eluard – nach Paris, wo er sich den Pariser DADAisten und dann vor allem den Pariser Surrealisten anschloß.

Hans Arp

Foto 1920

Hans Arp: Fortsetzung von S. 41; 1921/22 mehrfach in Köln zu Besuch des Vaters; mit Max Ernst befreundet; Mitarbeit an der Zeitschrift *die schammade;* 1922 Heirat mit der Malerin Sophie Taeuber; 1923 Zusammenarbeit mit Kurt Schwitters an dessen Zeitschrift *MERZ;* ab 1925 Anschluß an die Surrealisten; lebte seit 1926 überwiegend in Meudon bei Paris; nach dem Zweiten Weltkrieg Reisen nach Amerika und Griechenland; 1954 mit dem *Großen Preis der Biennale für Plastik* ausgezeichnet; gest. 7. 6. 1966 in Basel. – DADA-Erinnerungen unter den Titeln *Dadaland* und *Dada war kein Rüpelspiel.*

aus dem ›cacadou supérieur‹

pup pup pup machen die elektrischen gewitter
und vom astrolabium springt die glasur
das feuermännlein am kleinen feuerpult rollt seinen nasenwü
rfel und zeigt frühlingsverheißend bald ein bald zehn augen
mächtige Eislandschaften hängen wie riesige silberne quasten
in den dunkelgrünen himmel.
minutenmispelminavonbarnhelm bitzbarvonmannhelm von
holzhelm helmholz huch huch
nach uraltem ängstlich gehütetem klostergeheimnis lernen se
lbst greise mühelos klavier spielen neue gigantische kraft
seltsamer Einfluß eines amerika buches
ein feuerstrahl geht durch ihre adern und sie sagen sich endli
ch was ich gesucht habe jetzt geht es

verschlungene knaben blasen das wunderhorn
engel in goldenen schuhen leeren säcke voll roter steine in jed
es auge in jedes glied
schon bilden sich Maste und sternbilder
die schwestern zeigen Spuren von luftschlössern geldkatzen
findlingen dampfkuhbissen gesattelten hasen frisch gepolster
ten löwen
auf flammenden speichen rollen vögel über den himmel
sterne niesen aus ihren wachsnasen blumengarben
betrunken sind mann und maus und schwimmen an weichen
fingern
brennende löwen sausen über zitternde birken
wer einen schwanz hat bindet sich eine laterne daran
die ganze nacht wird auf dem Kopf gestanden rittlings auf dra
chen getanzt stangenklettern und leiblicher ringkampf erfüll
en die nacht mit wauwau

auf den wasserkanzeln bewegten die cascadeure ihre fähnch
en wie figura 5 zeigt
die abenteuerer mit falschen bärten und diamantenen hufen
bestiegen vermittels aufgeblasener walfischhäute schneiend d
as podium
der große geisterlöwe harun-al-raschid sprich harung-al-radi
gähnte dreimal und zeigte seine vom rauchen schwarz gewor
denen zähne

die merzerisierten klapperschlangen wickelten sich von ihren
spulen mähten ihr getreide und verschlossen es in steine
aus dem saum des todes traten die augen der jungen sterne
nach der geisselung auf der sonnenbacke tanzten die hufe des
esels auf flaschenköpfen
blut und tod fielen wie flocken von den ledernen türmen
wieviel totengerippe drehten die räder der tore
als der wasserfall dreimal gekräht hatte erblich seine tapete bis
auf das blut und die matrosenmatrize zersprang
aus der tiefe stiegen die schränke und breiteten ihre anker aus
endlich wagte das meer die ohnmacht der bittern kompasse

in den laubwäldern zirpen die laubsägen der havarierten vög
el
die zinoberroten bechertiere schieben sich ineinander wie chi
nesische schachteln
die hampelsterne hampelblumen und hampelmänner durchsc
hneiden ihre bindfäden
die cartesischen taucher sausen in ihren safianledernen kutsch
en in die salinen die schöner sind als die gärten ludwig des
XIV
langsam steige ich die meilenstange hinauf
in die astlöcher der meilensteine lege ich meine eier.

an allen enden stehen jetzt dadaisten auf
aber es sind im grunde nur vermummte defregger
sie ahmen den zungenschlag und das zungenzucken der wolk
enpumpe nach
ein fürchterliches mene tekel zeppelin wird ihnen bereitet we
rden und die dadaistische hauskapelle wird ihnen was blasen
man wird sie den raupen zum fraß hinwerfen
und ihnen bärte an falsche stellen pflanzen
an sternenlassos werden sie baumeln
DIE ORIGINALDADAISTEN SIND NUR DIE SPIEGE
LGASSEDADAISTEN
man hüte sich vor nachahmungen
man verlange in den buchgeschäften nur spiegelgassedadaist
en oder wenigstens werke die mit aquadadatinta vom dadaisti
schen rasputin und spiritus rector tzar tristan genetzt worden
sind.

obwohl der mond mir wie ein spiegel gegenüberhängt schmer
zt mich der engel im auge
auf den tischen laufen die sämereien auf und pochst du an die
pflanzen so springen ihre blumen hervor
die löwen verenden vor ihren schilderhäusern mit gießkann
en voll diamanten zwischen den krallen
die führer tragen schürzen aus holz
die vögel tragen schuhe aus holz
die vögel sind voll widerhall
unaufhörlich rollen ihnen die Eier aus ihren kleinen herzen
ihr scheitel trägt den himmelsmast
ihre sohlen stehen auf schreitenden flammen
reißt die schneekette so rufen sie den herrgott an
senkt sich das himmelsrad so treten ihre hufe auf schwarze kö
rner

auf befehl dessen der süsser als alle frauen unter dem springbr
unnen ruhte wurden die puppen betäubt
dann trieben die kinder ihren wadenpark durch die sagenhaft
en hallen des eidams
das lied der kleinen zersprengte das corset das gottes geschlec
htsteil umschloß
mit ihren fadendünnen zehen läuteten sie das herz das ohnmä
chtig am blutbaum hing
in den käfigen brüllten die blumen
die weissen schwänze des mondes wedelten
der holzbart sägte am Glockenrand
hengste turnten traubenbehangen auf den Zinnen
die bannbullenmänner drehten sich in ihren naben rafften die
sardinensegel und steckten sich sordinen auf die stimmbänd
er
magen weideten über vogelkämme
die nacht schwang die eulenschäufel
durch wächserne schiffe glühten sich sterne
in den bergen waren den wanderern gallentröge bereitgestellt
die elektrischen jagden begannen

die seraphim und cherubim steigen die weißen bauleitern auf
und ab und wissen nicht warum
auf wattekugeln schreiten die starken tiere sie sieben glühen

de kohlen auf die betten werfen speere
nach den befiederten höckern und häufen steine über die weg
weiser
die kinder ziehen ihre totenstiefel an und warten auf die zeit
die in kleine schwarze schlitten und
kisten zerfällt und warten auf den kosmetischen löwen mit d
em schwanz aus dünnem draht voll feiner knötchen
in den schattensesseln sitzen die gekalkten toten sie klatschen
in die Hände und bellen
riesenvögel röhren in den holzschluchten
keiner findet mehr die spur von seinen kinderschuhen
die pistille fallen aus den sternen die sterne verzucken in ihren
volieren die sterne spalten sich und
speien atrappen die muskeln in den sternen reißen entzwei
die knochenlosen prinzen fließen wie teig um die räder der mi
tternacht
in dem metallenen zelt aber sitzt die riesin eisenkopf mit den
falschen waden die litfassäule und
der uhu die riesin stülpt sich ihren feuercylinder ihren rauchc
ylinder auf das haupt verbeugt sich
und spricht fröhlich fröhlich fröhlich also wird der erdball du
rchsichtig und wie in einem fischglase
schweben die magistri horti deliciarum darin
die welttore schlagen auf und zu
die wachspuppe zeit zerfließt
unaufhörlich das übernichts das wohllaufei beschießt

brutto minus tara gleich netto

Max Ernst

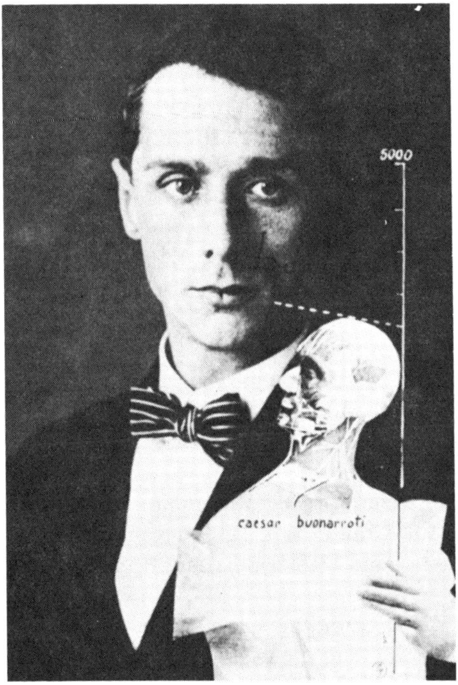

dadafex maximus, 1920

Max Ernst: geb. 2. 4. 1891 in Brühl bei Köln, Studium der Philosophie in Bonn, Anschluß an die Künstlergruppe *Das junge Rheinland;* 1914 erste Bekanntschaft mit Hans Arp; als Artillerist im 1. Weltkrieg; zusammen mit Johannes Theodor Baargeld u. a. Gründer der Kölner Dada-Gruppe; Mithrsg. der Zeitschriften *die schammade* und *Dada W/3;* als ›Dadamax‹ Organisator der Dada-Ausstellung im Brauhaus Winter; 1921 Teilnahme am Dadaisten-Treffen in Tirol; 1922 Übersiedlung nach Paris und Anschluß an den Surrealismus; lebte ab 1941 in New York, ab 1954 wieder in Paris; dort gestorben am 1. 4. 1976.

Worringer, profetor DaDaistikus

6 Uhr v. der profet vernimmt in der Ohrmuschel den furor dadaisticus der neuen tiefschlürfenden Gemeinschaft. hihi.

8.12 v. missa exhibitionalis in der unsichtbaren kathedrale der geistigen und privatprofeten. titi.

9.17 bis 9.25 v. ambigente und würdigung des irrenden irrsals kokoschka in gänsepantöffelchen. lilli.

9.26 bis 10.13 v. ob der mensch a priori gut sei zu der neuen menschheitskonturbine DaDa? pfiffi.

10.14 bis 10.14 v. ubi bene ibi DaDa. pippi bibbi

10.14 v. lichtbild der unendlichen hodelie der gotischen lilli in irischem ornat minni.

10.15 v. heute rot morgen gotik mimmi. kri.

10.16 bis 11.9 v. mit dem einfühlungsfinger der rechten hand DaDaeindadaaus – aber ! ! willi

11.10 bis 5.23 nachm. unio expressiva erotica et logetica oder die begattungskrämpfe des bruders pablo mysticus und der Schwester scholastica Feininger oder die ethik picassos.
kille killi

6.0 n. picastrate Eum!

Lisbeth

Schoßente, Kalikokokotte, Krickhündchen durch-
rieseln das Telefonzellengewebe
am frühtag mit helio-anthro-trop
koklikokohorten, erkorener chor der guten Familien
pomeranzenwangen der blühenden kneiferzangen
protuberanzen und schrapnells im auge des nächsten,
besuchen Sie meine ausstellung
lispelt lisbeth

Gertrud

miesmaus mieskatze miesmauschel
schießen salut zur abschaffung des guten geschmacks
serviergeneräle welche schon speicheljahresringe ansetzten
plaudertaschentücher kußhandtücher
geben den gebackenen korallenchoral zu protokoll
kolik – faux col
walkürie Eliassohn b-moll

Antwort der Weltbürger an Kurt Pinthus-Genius.

Gaskarmada Seinsgefühl
Gleiches gleichem ahnbar
pintus phallus richtungsdichtung
Selbst-tum leo unguem

Gamskarada Gasmaska
Dadamax gamamus
Gamsfurz anton pintus RA
Anti-lops-tilopam

Fate mutte genia
Muss ich dich felasseh?
Zahlbahn balzhahn Ada Mar
Pintus! – Madagaskar

Im Auftrage der Menschen aller Völker der Erde
Dadamax

Die wasserprobe

Hierbei wird die Faust geballt
Daß der frosch zu boden knallt
Hier die magd die motten putzt
Daß der wind die dämpfe stutzt

Hierbei wird ein dampf verschluckt
Daß der greise bammel zuckt
Daß der warmen fische ei
Knall und fall ins einerlei

La chanson des vieux mutins

Les mirlitons des tontetons les coqueluches des conquelons les saltimbanques des vieux moutons cirent les lèvres des noctambules
Ils jouent avec des baquets et des baguettes magiques
Ils avalent le pousse-pousse le pompadon le feuilleton
On commence par le cop-à-l'âne et on finit par les oeufs des coréligionnaires
Nous sommes tous plus légers que l'Europium car nous sommes légèrement américanisés
Nous portons des brodequins de marsouin
Nous n'avons pas de cohésion chimique.

Etna

Totengräber
Auf deinem Posten dreißig Jahre lang
Wie Jesus Christus
Lieferst du dich selten aus
Wie Criqui
Du lieferst dich gerade in dem Maße aus
Ganz glücklich um ein wenig Übung zu nehmen
Die Übung macht die Kraft
Tu erfreust mich
Halbnackte Soldaten
Graben schwarze Gräben
Rund um deine schwarzen Füße
Du spuckst sie an
Es sind Soldaten des Genies
Auf jeden Fall
Bist du das Genie
Du spuckst sie an
Das Meer schaukelt sich
durch Sympathie
Auf jeden Fall
Rund um deine schwarzen Füße
Während du aufladtst
Dein schwarzes Geschäft
Mit einer Leichtigkeit
Die man nicht in deiner schweren Masse
vermuten könnte
Und heftig
Wie man sagt
dreißig Jahre lang
Totengräber
Du bleibst auf deinem Posten
Und während dieser ganzen Zeit
schlafe ich.

Johannes Theodor Baargeld

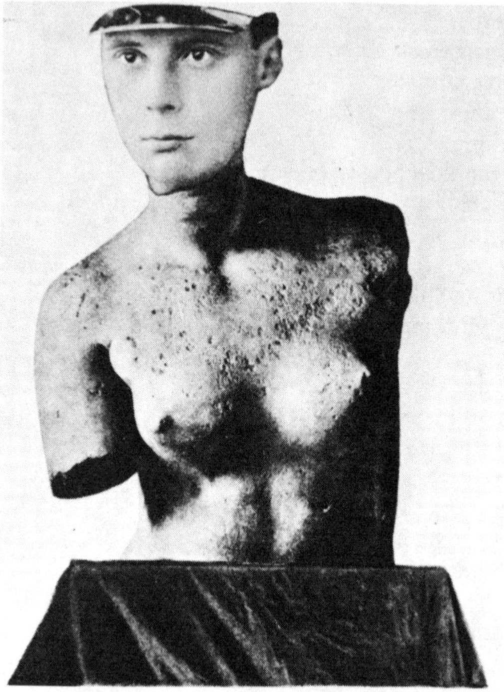

typische Vertikalklitterung als Darstellung des Dada Baargeld,
Photomontage 1920

Johannes Theodor Baargeld: geb. 9. 10. 1892 in Stettin, Jurastudium in Oxford und Bonn, Soldat im 1. Weltkrieg, Veröffentlichungen in der *Aktion,* trat 1918 der U.S.P.D. bei und gründete zusammen mit Max Ernst u. a. die Kölner Dada-Gruppe; Hrsg. der Zeitschrift *Der Ventilator* und gemeinsam mit Ernst der Zeitschriften *die schammade* und *Dada W/3;* nahm an der *Ersten internationalen Dada-Messe* teil; zog sich 1920 aus der Dada-Bewegung zurück, nahm ein volkswirtschaftl. Studium auf, promovierte, verunglückte als leidenschaftlicher Bergsteiger 1927 tödlich.

Bimbamresonnanz 1.

Stutzflügelalwa schlägt die flügelfeder
schlägt alwa stutzuhr bimbamresonnanz
Breschkowska-revolution der großmütter schlägt die
augenleder
und ihren kalzionierten Jordanwasserschwanz

alwa pissoirgeläute brütet stutzige Landeseier
Ländnerin herien und hierin alwe
doch verbimmeltes pedal toniert schon alwenweiher
flügeluhr schlägt bim auf ländnermalve

breschkowskaja schlägt die Lederdrüse
bis die muttermöndchen bimmeln schöpfersalbe
Und des Ewigen scheerenfernrohr überkrebst als
alwe
Bimmelnd toten alwa landgemüse

Bimmelresonnanz II

Bergamotten faltern im Petroleumhimmel
Schwademasten asten Schwanenkerzen
Teleplastisch starrt das Cherimbien Gewimmel
In die überöffneten Portierenherzen
Inhastiert die Himmelbimmel

Feldpostbrief recochettiert aus Krisenhimmel
Blinder Schläger sternbepitzt sein Queerverlangen
Juste Berling rückt noch jrad die Mutterzangen
Fummelmond und ferngefimmel
Barchenthose flaggt die Kaktusstangen

Lämmergeiger zieht die Wäscheleine
Wäschelenden losen hupf und falten
Zigarrinden sudeln auf den Alten
Wettermännchen kratzt an ihrem Beine
Bis alle Bimmeln angehalten

(Sprüche)

Das ding an sich und das ding an ihr
Der mensch ist der beste freund des weibes.
Die liebe auf dem zweirad ist die wahre nächstenliebe.
Die axt im haus erspart den bräutigam.
Wer gegen den wind spuckt, besudelt die eigene mathilde.
Nieder mit der kompakten majorität der damenschneider.

Gemeinschaftsarbeiten

Hans Arp, Tristan Tzara, Max Ernst, Foto 1921

Arp, Ernst (FATAGAGA)

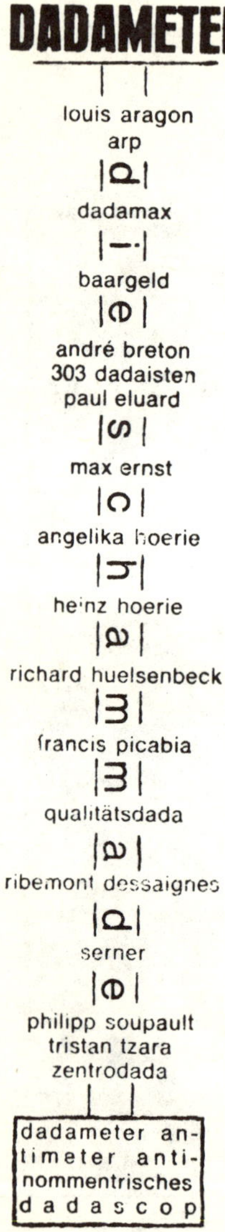

s'
Fatagagalied

Erblickest Erna du darin,
Man's nur am stiere findet;
Verstehn muß es die stickerin,
Wenn Erna draus verschwindet.

DADA-Genf, DADA-Paris, DADA-New York

Gegen Ende 1916 stieß der Arzt Walter Serner – nach Hans Arp ein ›Abenteurer‹, der Menschen liebte, die auf »schwankenden Böden durch das Leben trieben, lächelnde Dandies, moderne Schaumgeburten«, nach Raoul Hausmann »wie Typhon, der Bruder der Sphinx, von ganglionischen Einsichten und Erhellungen erfüllt«, nach Hans Richter »ein zynischer Moralist, ein Nihilist der Menschenliebe« – zum DADAisten-Kreis ums *Cabaret Voltaire* und erhielt literarische Bedeutung in der Spätphase der Züricher DADA-Bewegung, nachdem Richard Huelsenbeck schon im Februar 1917 nach Berlin zurückgekehrt war und wenig später auch Hugo Ball den DADAistischen Aktivitäten den Rücken gekehrt hatte. Gemeinsam mit Arp und Tzara verfaßte er Texte, die auf den Erfahrungen des Simultangedichts basierten und auf die ›automatische Dichtung‹ der Surrealisten vorauswiesen. Er hielt in der *Galerie Dada* Vorträge über aktuelle Kunst und Literatur, zog sich Anfang 1918 nach Lugano zurück, wo er sein »manifest dada« *Letzte Lockerung* schrieb, das 1920 im Verlag Paul Steegemann herauskam; Teile davon waren bereits in Nr. 4/5 der von Tzara herausgegebenen Zeitschrift *Dada* erschienen. Mit Tzara zusammen veranstaltete er April 1919 im *Saal zur Kaufleuten* die letzte und »größte aller Dada-Shows« in Zürich, zu der Hans Richter berichtet: »Serner in tadellos gebürstetem Jackett, gestreiften Hosen mit grauer Krawatte, wie zu einer Verlobung. Seine lange elegante Figur transportierte zunächst eine kopflose Schneiderpuppe auf die Bühne, dann ging er zurück, holte ein Bukett künstlicher Blumen, die er der Puppe zu riechen gab, da, wo der Kopf sitzen sollte, und legte ihr das Bukett zu Füßen. Schließlich brachte er einen Stuhl und setzte sich rittlings darauf, mit dem Rücken zum Publikum in der Mitte der Bühne. Dann begann er aus seiner ›Letzten Lockerung‹ vorzulesen, dem anarchistischen Glaubensbekenntnis von Dada. (...) Die Elektrizität im Saal steigerte sich zur Hochspannung. Zuerst war es so still, daß man eine Stecknadel hätte fallen hören. Dann begannen Zwischenrufe, erst höhnisch, dann wütend: ›Laus, Schwein, unverschämt‹ ... bis ein Lärmkonzert daraus wurde, in dem man Serner kaum hörte, aber doch noch in einer Lärmpause den Satz: ›Napoleon war doch auch ein ganz kräftiger Lümmel.‹ Dann ging es los, warum gerade bei Napoleon, der doch gar kein Schweizer war, weiß ich nicht. Die jungen Leute, die meistens im oberen Rang saßen, sprangen mit Teilen des Geländers, das mehrere hundert Jahre der Zeit widerstanden hatte, in den Fäusten auf die Bühne, jagten Serner bis in die Sofitten hinaus, zerschlugen die Schneiderpuppe, den Stuhl, zertrampelten das Bukett. Der ganze Saal war in Aufruhr.«

DADA-Genf war im wesentlichen eine Erfindung, ein großer Bluff dieses Dr. Serner. Auf einen DADA-Ball hin, den er zusammen mit dem Maler Christian Schad in Genf organisiert hatte, gelang es ihm, auf unbekanntem Weg eine ganze Serie der bei den DADAisten so beliebten Falschmeldungen in das *Prager Tagblatt* und andere Zeitungen und Zeitschriften zu lancieren, denen zufolge Dezember 1919 eben dort der erste *Weltkongreß der Dadaisten* – unter Serners Leitung – getagt haben solle. Hans Arp, heißt es, habe da erklärt, »daß er vom 8. Dezember 1919, ab nachmittags drei Uhr, unwiderruflich die Sprache verlernt haben werde«: »Der Vorschlag Serners, aus den dadaistischen Schriften sämtliche Vokabeln zu entfernen und allgemein gültige Siegel für die allein zu gebrauchenden Interjektionen festzustellen, wurde stürmisch aufgenommen, desgleichen sein Zusatzantrag, im persönlichen Umgang den Gebrauch von Interjektionen tunlichst zu vermeiden und durch Handgriffe zu ersetzen.« Noch weiter ging die Meldung, Serner habe in einem heftigen Wortwechsel mit Tzara einen Browning gezogen und »vier blinde Schüsse« auf seinen Gegner abgegeben: beide Kontrahenten seien polizeilich verhört, dann aber rasch wieder freigelassen und von den wartenden DADAisten »im Triumphe auf den Schultern zu ihrem Hotel« getragen worden; der Kongreß habe »in geheimer Sitzung« die Resolution gefaßt, »die Verwendung von blinden Schüssen in dadaistischen Diskussionen sei nicht nur erlaubt, sondern sogar, weil erfrischend, erwünscht, allerdings nur unter der Bedingung, daß der Schießende sofort eine völlig neue dritte Meinung annehme«.

Tzara wechselte Ende 1919 nach Paris und nahm hier enge Beziehungen zu André Breton, Louis Aragon, Philippe Soupault – den Herausgebern der Zeitschrift *Littérature* – und Georges Ribemont-Dessaignes auf, die schon ab dem dritten Heft der von ihm redigierten Zeitschrift *Dada* mitgearbeitet hatten: deren sechstes Heft – *Bulletin Dada* – markierte den Umzug von Zürich nach Paris, wo Tzara sofort zum »Mittelpunkt der Aufmerksamkeit der avantgardistischen Kreise« und am neuen Ort zum Wortführer einer neuen DADA-Bewegung wurde. Ihr fehlte freilich das Ursprüngliche der Aktivitäten im *Cabaret Voltaire* und sollte deshalb rasch etwas »Stereo-Typisches« und etwas vom »›Hautgoût‹ der Wiederholung« anhaften. Tzara repetierte seine ›Lesung aus Zeitungen‹, nun begleitet von »Glockengebimmel, Klingeln und ähnlichen Geräuschen«, und was den größeren Veranstaltungstyp betraf, orientierte er sich an der *Kaufleuten*-Soiree, bei der DADA zwar geschlagen worden war, finanziell aber – den erzielten Einnahmen nach (Tzara zählte mit 1200 frs. »die größte Summe, die Dada je gesehen«) – gesiegt hatte. Anfang Februar kam es als erster großer DADA-Veranstaltung in Paris zu einer Vorlesung von DADA-Manifesten, die wie Psalmen gesungen wurden, mit achtunddreißig Vortragenden; und die zweite Großveranstaltung wurde Ende März 1920 – anläßlich des Erscheinens des siebten Heftes von *Dada Dadaphone* getauft, und zur Erinnerung an die tumultuöse Uraufführung von Alfred Jarrys *Ubu Roi* vor fünfundzwanzig Jahren – als eine richtige Varieté-Schau aufgezogen. Den Höhepunkt in dieser Richtung bildete Ende Mai eine Monstreveranstaltung im *Salle Gaveau*, in deren Voranzeige die Pariser DADAisten versprochen hatten, sich auf der Bühne gegenseitig die Haare zu schneiden; doch das Publikum beschloß, selbst eine aktive

Rolle zu spielen, und inszenierte eine wilde Tomaten- und Eierschlacht.

Francis Picabia gab die Zeitschrift *391*, Paul Dermée die Zeitschrift *Z* und Paul Eluard die Zeitschrift *Proverbe* heraus, »die sich um die Frage der Sprache selbst drehte: Geheimnis der Worte, Mysterium der Grammatik, Sätze, die sich umdrehen, Gegensätze, die sich nicht widersprechen, Syntax: ihr Sinn und Nichtsinn«. – Aus New York, wo sich ab 1916 ganz unabhängig von DADA-Zürich und DADA-Berlin wie ihren ›Ablegern‹ eine Kunst- bzw. Antikunst-Bewegung mit ganz ähnlichen Tendenzen entwickelt hatte, kam Juli 1921 Man Ray nach Paris und schloß sich den dortigen DADAisten an; Marcel Duchamp, Erfinder der ›Ready-mades‹ und zusammen mit Picabia Herausgeber u. a. der Zeitschrift *New York Dada*, die 1921 in einer einzigen Nummer erschien, war schon 1919 kurz in Paris gewesen, kehrte 1923 zurück, hatte sich aber zu diesem Zeitpunkt bereits ganz von der Kunst abgewandt und dem Schachspiel verschrieben. Aufgrund von Kontroversen, die von unterschiedlichen Auffassungen über die DADA-Veranstaltungen ausgingen und in neuen Unternehmungen nur neuen Nährstoff fanden, spalteten sich die Mitglieder des Pariser DADAismus und befehdeten sich gegenseitig in wechselnden Konstellationen. Der sogenannte *Barrès-Prozeß*, eine DADAistisch gedachte, aber ins Ernsthafte abgleitende Aburteilung des abtrünnig gewordenen literarischen Vorbilds bzw. der sogenannte *Kongreß von Paris*, auf dem nach Tzara die Frage entschieden werden sollte, »ob eine Lokomotive moderner sei als ein Zylinderhut«, stellten den Auseinanderfall offen dar. André Breton schimpfte Tzara einen »Eindringling aus Zürich« und stellte ihn als einen »publizitätshungrigen Hochstapler« hin; spontan schlossen sich im Gegen-Manifest *Le coeur à barbe* noch einmal die alten DADAkämpfer gegen Breton zusammen; dann sagte sich Picabia von Paris-DADA los ... – schließlich kam es anläßlich einer großen Abendvorstellung im *Théâtre Michel* zum großen und endgültigen Eklat: »Ich erinnere mich an diese Abendveranstaltung«, schreibt Georges Hugnet, »deren Ende von einer Unordnung gezeichnet war, die zu einer regulären Schlacht führte. Als die Veranstaltung bis zur

Aufführung von (Tzaras) ›Le coeur à gaz‹ gekommen war, wurden die Darsteller in ihrem Spiel abrupt unterbrochen. Heftige Proteste ertönten aus dem Publikumsraum. Dann ein unerwartetes Zwischenspiel; – Breton kletterte auf die Bühne, und fing an, auf die Darsteller einzuschlagen. Diese, eingezwängt in Sonja Delaunays Kostüme aus steifem Karton, konnten sich gegen die Schläge nicht verteidigen und versuchten, mit kleinen Schrittchen zu entfliehen (. . .).« Mit Breton, der sich hier so tatkräftig in Szene setzte, war der Nachfolger präsent, der unter neuer Parole Tzara in der Führung der Pariser Avantgarde ablösen sollte: »Am Ende einer zügellosen Auflösung entstand eine neue Disziplin in einer neuen Ordnung und eine auf ›positive‹ Ziele gerichtete Philosophie: – Der Surrealismus«. Dieser Surrealismus habe DADA gefressen, glossiert Hans Richter in *Dada – Kunst und Antikunst,* 1964, fährt aber fort: »Und da der Surrealismus einen guten Magen hatte, sind die Eigenschaften des Verschlungenen mit in den gekräftigten Körper des Überlebenden eingegangen. Gut so! Fest steht, daß Methode und Disziplin des Surrealismus wesentlich Bretons Werk ist. Er machte aus dem explosiven Dada im Surrealismus und auf rationaler Grundlage eine irrationale Kunstbewegung, die zwar Dada gänzlich übernahm, aber die Dada-Rebellion in einer strengen geistigen Disziplin kanonisierte.«

Hans Richter: *Dadaistischer Filmversuch*

Walter Serner

Hirngeschwuer, Collage 1919

Walter Serner: geb. 15. 1. 1889 in Karlsbad; Jurastudium in Wien, Promotion in Greifswald; im Mitarbeiterkreis der *Aktion;* bei Kriegsausbruch Emigration in die Schweiz; 1915 Gründung der Zeitschrift *Sirius;* Anschluß an die Züricher Dada-Bewegung; Mithrsg. der Zeitschrift *Der Zeltweg;* Veröffentlichung: *Letzte Lockerung, Manifest Dada,* 1920; Dada-Veranstalter und Bluff-Inszenierer in Genf; 1921 Bruch mit der Dada-Bewegung; unstetes Reiseleben; Verfasser u. a. von Kriminalgeschichten; Veröffentlichungen: *Zum blauen Affen,* 1921, *Der Pfiff um die Ecke,* 1925; Verbot seiner Bücher durch die Nationalsozialisten; am 10. 8. 1942 Deportation ins Konzentrationslager Theresienstadt.

Bestes Pflaster auch roter Segen

Bodenbepurzelndes Geschirr:
gar so süss soffen Ninallas Lippen Pommery greno first.
Minkoff, ein ganz ein Russischer, déroutiert nebengeleisig.
Vorüberflappernder Handteller: benützter Busen bläht
Blondes.
Pauschal. Schal.
Schluck Wein (Länge: 63 centimètres) in rotverbesserte
Nüstern
gespien. Queen! ! !
Weil ensembletapfer beflüstert Kuno feistes Postérieur.
Knäuel, dem sich schweissig Unterarm entzupft.
Vornübergewettert: Sibi schrie naturgemäss immens auf,
Hemigloben nach oben.
Derzeit brennendes Pedal berutscht entzückt anderwärts
gestreichelten
Bauch. Auch.
Unüberholt wischt seine lingua fettesten Schenkel einher,
Isidor.
O wie lieb ich das Gelichter des Lebens! (Abends,
naturellement!)
Kruschewaz glotzt auf die ach so entfernten Deltafalten
Zuzzis.
Baynes Destiny (Massachusetts-allerholdest) quillt
geigengeil um die Ecke;
Blech taumelt daraus schwierig empor:
schwachbeflorter Unterleib (?Gaby!) wogt taktvoll heran.
»Die Treue ist kein hohler Zahn« . . . (Kreuzung von Kind
und Kegel)
Madame V. flicht, sehr gewiegt, Roger ein Glas in die Finger;
quetscht das Ganze stuhlzusich.
Pferch. Ueberzwerch.
(Apropos: man substrahiere Geschlechtskrankheiten;
coitus würde allgemein beliebtes Gesellschaftsspiel;
wäre im Laden zu haben. Basta.)

Manschette 5

(Epitaph postal)

Du hast die nassen Fetzen nie geliebt
Auf deinem Tische jede Semmel war ein Grund
Auf deiner Oberlippe schwang der letzte Rand
Du pfiffst Vokale aus wie stets an mir
An deinem Handgelenk hing alles heftig
Du warst Versand
Du gabst mich auf

Manschette 9

(Elegie)

Sprich deutlicher

Ein gelber Spazierstock rutscht mir quer durchs Haupt
Es ist in allen Kellern
heller als in meinem Darm

Sprich deutlicher

Ich höre gerne den Hieb auf nackte Babyhintern
seit es dich entzückte
wenn ich davon wirbelte bloß
O warum nicht sich langsam streicheln
Stiefelknechte still verzückt begrüßen
jenseits jeder bürgerlichen Küche

o sprich deutlicher

Mach platzen deinen feisten Dreckhügel
ob deinem Bauch
durch ein gewaltiges metaphysisches Rülpsen

Manschette 7

(Romance)

Es ist nicht schwierig blond zu sein

Seit es in manchen Nächten
rote Ringe sprengt einher
ist jede Hoffnung auf den Sinn der Stunde
faul

Schau mir ins Auge
Krachmandel auf Halbmast
Cointreau triple sec mit Doppeltaxe
Jede Halswolke ein Fehlgriff
Jede Bauchfalte ein Vollbad
Jedes Hauptwort ein Rundreisebillet
Je te crache sur la tête
Schau mir ins Auge
A

Ist es so schwierig blond zu sein

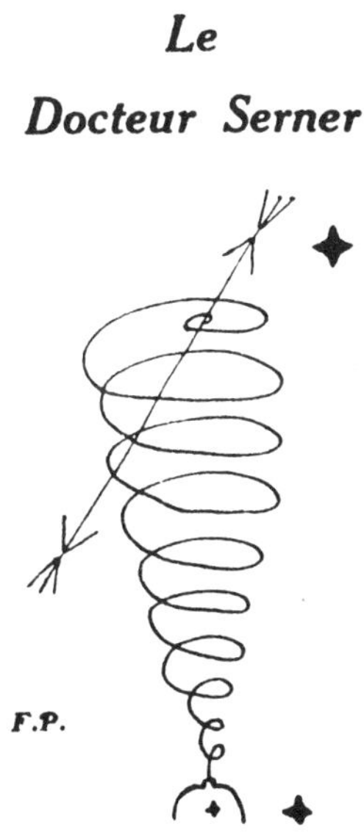

Francis Picabia:
Le Docteur Serner,
Zeichnung 1920

Tristan Tzara

Francis Picabia:
Tristan Tzara,
Zeichnung

Tristan Tzara: Fortsetzung von S. 64; 1919 Wechsel von Zürich nach Paris und Gründung der Pariser Dada-Bewegung; Fortführung der *Collection Dada* (mit der eigenen Veröffentlichung: *Cinéma calendrier du coeur abstrait,* 1920) und der Zeitschrift *Dada;* Veranstalter von Dada-Matinées, Verfasser von Dada-Manifesten, Veröffentlichung: *Sept manifestes dada,* 1924; weltweiter ›Dada-Manager‹; zunehmende Kontroversen mit den Pariser Mit-Dadaisten, die sich abspalteten und unter der Führung André Bretons den Surrealismus begründeten; gab 1929 den Widerstand auf und schloß sich dem Surrealismus an; gestorben am 24. 12. 1963 in Paris.

(brüllt)

brüllt brüllt brüllt brüllt brüllt brüllt brüllt brüllt brüllt brüllt
brüllt brüllt brüllt brüllt brüllt brüllt brüllt brüllt brüllt brüllt
brüllt brüllt brüllt brüllt brüllt brüllt brüllt brüllt brüllt brüllt
brüllt brüllt brüllt brüllt brüllt brüllt brüllt brüllt brüllt brüllt
brüllt brüllt brüllt brüllt brüllt brüllt brüllt brüllt brüllt brüllt
brüllt brüllt brüllt brüllt brüllt brüllt brüllt brüllt brüllt brüllt
brüllt brüllt brüllt brüllt brüllt brüllt brüllt brüllt brüllt brüllt
brüllt brüllt brüllt brüllt brüllt brüllt brüllt brüllt brüllt brüllt
brüllt brüllt brüllt brüllt brüllt brüllt brüllt brüllt brüllt brüllt
brüllt brüllt brüllt brüllt brüllt brüllt brüllt brüllt brüllt brüllt
brüllt brüllt brüllt brüllt brüllt brüllt brüllt brüllt brüllt brüllt
brüllt brüllt brüllt brüllt brüllt brüllt brüllt brüllt brüllt brüllt
brüllt brüllt brüllt brüllt brüllt brüllt brüllt brüllt brüllt brüllt
brüllt brüllt brüllt brüllt brüllt brüllt brüllt brüllt brüllt brüllt
brüllt brüllt brüllt brüllt brüllt brüllt brüllt brüllt brüllt brüllt
brüllt brüllt brüllt brüllt brüllt brüllt brüllt brüllt brüllt brüllt
brüllt brüllt brüllt brüllt brüllt brüllt brüllt brüllt brüllt brüllt
brüllt brüllt brüllt brüllt brüllt brüllt brüllt brüllt brüllt brüllt
brüllt brüllt brüllt brüllt brüllt brüllt brüllt brüllt brüllt brüllt
brüllt brüllt brüllt brüllt brüllt brüllt brüllt brüllt brüllt brüllt
brüllt brüllt brüllt brüllt brüllt brüllt brüllt brüllt brüllt brüllt
brüllt brüllt brüllt brüllt brüllt brüllt brüllt brüllt brüllt brüllt
brüllt brüllt brüllt brüllt brüllt brüllt brüllt brüllt brüllt brüllt
brüllt brüllt brüllt brüllt brüllt brüllt brüllt brüllt brüllt brüllt
brüllt brüllt brüllt brüllt brüllt brüllt brüllt brüllt brüllt brüllt
brüllt brüllt brüllt brüllt brüllt brüllt brüllt brüllt brüllt brüllt
brüllt brüllt brüllt brüllt brüllt brüllt brüllt brüllt brüllt brüllt
brüllt brüllt brüllt brüllt brüllt brüllt brüllt brüllt brüllt brüllt
brüllt brüllt brüllt brüllt brüllt brüllt brüllt brüllt brüllt brüllt
brüllt brüllt brüllt brüllt brüllt brüllt brüllt brüllt brüllt brüllt
brüllt brüllt brüllt brüllt brüllt brüllt brüllt brüllt brüllt brüllt
brüllt brüllt brüllt brüllt brüllt brüllt brüllt brüllt brüllt brüllt
brüllt brüllt brüllt brüllt brüllt brüllt brüllt brüllt brüllt brüllt
brüllt brüllt brüllt brüllt brüllt brüllt brüllt brüllt brüllt brüllt
brüllt brüllt brüllt brüllt brüllt brüllt brüllt brüllt brüllt brüllt
brüllt brüllt brüllt brüllt brüllt brüllt brüllt brüllt brüllt brüllt
brüllt brüllt brüllt brüllt brüllt brüllt brüllt brüllt brüllt brüllt
brüllt brüllt brüllt brüllt brüllt brüllt brüllt brüllt brüllt brüllt
brüllt brüllt brüllt brüllt brüllt brüllt brüllt brüllt brüllt brüllt
brüllt brüllt brüllt brüllt brüllt brüllt brüllt brüllt brüllt brüllt
brüllt brüllt brüllt brüllt brüllt brüllt brüllt brüllt brüllt brüllt
der sich immer noch sehr sympathisch findet. Tristan Tzara

Calendrier 20

le foot-ball dans le poumon
casse les vitres / insomnie /
dans le puits on bouille les nains
pour le vin et la folie
picabia arp ribemont-dessaignes
bon jour

(DADAist eine jungfräuliche Mikrobe)

DADAist eine jungfräuliche Mikrobe
Dada ist gegen das teure Leben
Dada
Aktiengesellschaft für die Ausbeutung von Ideen
Dada hat 391 verschiedene Haltungen und Farben je nach
dem
Geschlecht des Vorsitzenden
Es wandelt sich um – behauptet – sagt zugleich das
Gegenteil –
ohne Bedeutung – brüllt – angelt.
Dada ist das Chamäleon der schnellen und interessierten
Veränderung.
Dada ist gegen die Zukunft. Dada ist tot. Dada ist idiotisch.
Es lebe Dada. Dada ist keine literarische Schule, brüllt

Francis Picabia

Auf dem Holzpferdchen dada, Foto um 1920

Francis Picabia: geb. 22. 1. 1879 in Paris; Studium an der *Ecole des Beaux-Arts* und der *Ecole des Arts décoratifs;* impressionistische und kubistische Anfänge; 1915 erste ›mechanische‹ Werke; mit Apollinaire befreundet; Zusammenarbeit mit Marcel Duchamp und Man Ray in New York; dort Gründung der Zeitschrift *391* (spätere Erscheinungsorte Zürich und Paris); 1918 Anschluß an die Züricher Dada-Bewegung, Veröffentlichungen in der Zeitschrift *Dada;* entscheidend für die Entwicklung des Dadaismus in Paris; Hrsg. der Zeitschrift *Cannibale;* 1921 zusammen mit Breton Abkehr von Dada; Beteiligung an Ausstellungen und Zeitschriften der Surrealisten; gest. 30. 11. 1953 in Paris.

Ich stamme von Javanern.

Schlagsahne .... exquisiter Genuß ....
Sprechen wir von ernsten Dingen der civilisierten Welt
Das ist die Poesie eigens für Don-Quichotes
Ich küsse Ihre schönen Augen teure Leserin
Sie können das Sein nicht leugnen
Ein »Jenseits der Natur« existiert nicht
Plauschen wir eins!
Wo wohnen Sie?
Der Grund meines Denkens und eine solide Druckerei
Ein süperbes Buch kondensiert meine Fähigkeit
Wichtigkeit was?
Alles ist Wichtigkeit – in Amerika ist alles DADA
Und ich bin Francis Picabia
Das ist meine Schwäche
Die Liebe zur Kunst ist die größte Liebe
So wie ich nicht liebe Domestiquen essen zu sehen
Das macht kein Vergnügen
Und ich betrachte mich im Spiegel
Seh' aus wie ein Gewächs das dem heiligen Antonius geweiht
Das ist von Bedeutung
Denn ich gehe in Frauenkleidern zum Tanz
Philosophische Reflexion
Beafstick in Schnapps Bier und ägyptischer Schanker
Der dritte Erdteil
Tätowierter Ziegenkot
Die unendliche Langeweile ist eine Unterhose
Für Elephanten
die baarfuß um die Sonne marschieren
Bedenken Sie: die Negerinnen
Haben den Steiß im Dreck
Und Brüste wie eine Feuerzange
Eine Gondel ist ihre Weißblechscham
Der Ursprung ihrer hinteren Rundung
und der des Jesus ist ein Ballon
Hätt' ich zwölf Groschen, ich ginge in ein Bordell
Ich drehe mich
Und voltigiere ohne Ende.

(Übersetzung von Walter Mehring.)

Manifest Cannibale Dada

Ihr seid alle in Anklagezustand versetzt: erhebt Euch! Man kann nur mit Euch reden, wenn Ihr steht. Steht, als hörtet Ihr die Marseillaise, die russische Nationalhymne oder das God save the King.
Steht, als hättet Ihr die Fahne vor Euch. Oder als wäret Ihr vor Dada, welches Leben bedeutet und Euch anklagt, alles aus Snobismus zu lieben, wenn es nur sehr teuer ist.
Ihr habt Euch alle wieder hingesetzt? Um so besser, dann werdet Ihr mich mit erhöhter Aufmerksamkeit anhören.
Was macht Ihr hier, eingepfercht wie ernsthafte Schalentiere – denn Ihr seid ernsthaft, nicht wahr? Ernsthaft, ernsthaft, ernsthaft bis zum Tod. Der Tod ist eine ernsthafte Sache, was?
Man stirbt als Held oder als Idiot, was auf dasselbe herauskommt. Das einzige Wort, das mehr als Tageswert hat, ist das Wort Tod. Ihr liebt den Tod, den die anderen sterben.
A mort! Bringt sie um, laßt sie verrecken! Nur das Geld stirbt nicht, es reist nur ein wenig fort.
Das ist Gott! Ihn verehrt man, eine ernsthafte Persönlichkeit - Geld, das ist die Kniebeuge ganzer Familien. Hoch das Geld! - Es lebe! Der Mann, der Geld hat, ist ein ehrenhafter Mann.
Ehre kauft sich und verkauft sich wie - das Gesäß. Das Gesäß repräsentiert das Leben wie die pommes frites und Ihr alle mit Eurer Ernsthaftigkeit stinkt schlimmer als Kuhdreck.
Was Dada angeht: es riecht nicht; es bedeutet ja nichts, gar nichts.

Dada ist wie Eure Hoffnungen: nichts.
wie Euer Paradies: nichts.
wie Eure Idole: nichts.
wie Eure politischen Führer: nichts
wie Eure Helden: nichts
wie Eure Künstler: nichts
wie Eure Religionen: nichts.

Pfeift, schreit, zerschlagt mir die Fresse - und was bleibt dann? Ich werde Euch immer sagen, daß Ihr blöde Hammel seid, Euch unsere Bilder für einige Franken verkaufen.

(Übersetzt aus dem Französischen von Alexis.)

Philippe Soupault

Foto
1920

Philippe Soupault: geb. 2. 8. 1897 in Chaville bei Paris; frühe Lyrik unter dem Einfluß von Lautréamont, Rimbaud und Apollinaire; Mitbegr. der Zeitschrift *Littérature;* Kontakte zur Dada-Bewegung in Zürich, Mitbegründer der Dada-Bewegung in Paris; Veröffentlichungen: die Gedichtbände *Aquarium,* 1917, und *Westwego,* 1922; enge Zusammenarbeit mit André Breton, u. a. Versuche in ›automatischen‹ Niederschriften von Gedichten, gemeinsame Veröffentlichung: *Les champs magnétiques,* 1920; Hinwendung zum Surrealismus; als Journalist in Nordafrika; während des 2. Weltkriegs Emigration nach Amerika; nach 1945 Leiter des Auslandsdienstes des französischen Rundfunks und Unesco-Beauftragter.

Die fünf Brüder.

Wenn die Elephanten mit Hosenträgern gehen
Wenn die Beamten Hüte tragen
Wenn die Schnecken wie Kamele aussehen
Wenn die Regenwürmer saufen Boa-lie
Wenn die Hemdenmacher Autobesitzer sind
Dann wollen wir brüllen:
Habt Dank!

(Dadatraduction Walter Mehring.)

Tomatenblüten.

Weiß nit wohin ich gehen soll
Gesetzt
Lotrecht
Gebettet
En avant
Entert die Wagen
Her mit den Besen
Was es doch gibt! Die Farben der kleinen Fische
Oder die lütten Automobile
Oder die praktischen Sicherheitsnadeln
Oder die hohen Cylinderhüte
Oder Herrn X . .
Oder auch die Zeitungskioske
Man muß sich ihrer nur zu bedienen wissen.

(Dadatraduction Walter Mehring.)

Westwego

Eines sommers ging ich in London umher
die füße brennend und das herz in den augen
vor schwarzen mauern vor roten mauern
an den großen docks
wo riesige policemen wie gereizte
fragezeichen stehn
Man konnte mit der sonne spielen
die sich wie ein vogel auf alle
monumente setzte
zugtaube
alltagstaube
Ich ging durch dieses viertel das Whitechapel heißt
pilgerfahrt meiner jugend
wo ich nichts antraf
als sehr gut gekleidete leute
die zylinderhüte trugen
und streichholzverkäuferinnen
mit strohhüten auf
die gleich den bäuerinnen Frankreichs riefen
um die kunden anzulocken
penny penny penny
Ich betrat eine kneipe
wagon dritter klasse
Daisy Mary Poppy
da saßen sie um den tisch
neben den fischhändlern
die augenzwinkernd kauten
um die nacht zu vergessen
die nacht die mit wolfsschritten kam
mit eulenschritten
die nacht und der flußgeruch und der der gezeiten
die träume zerreißende nacht

es war ein trauriger tag
aus kupfer und sand
der träge zwischen den erinnerungen glitt

Georges Ribemont-Dessaignes

Ausschnitt aus Gruppenphoto, 1921

Georges Ribemont-Dessaignes: geb. 19. 6. 1884 in Montpellier; Studium der Malerei; ab 1911 Freundschaft mit Duchamp und Picabia; 1915/16 Militärdienst, erste dichterische Arbeiten; 1916 Mitarbeit an der von Stieglitz hrsg. Zeitschrift *291;* 1917/18 an der von Picabia hrsg. Zeitschrift *391;* ab 1919 Kontakte zu Tzara und erneut zu Picabia; in Paris u. a. Mitarbeit an der Zeitschrift *Littérature;* Beteiligung an der Pariser Dada-Bewegung bis zum Streit um *Le Coeur à Barbe;* Verfasser von Theaterstücken: *L'Empereur de Chine*, 1916, *Le Serin muet*, 1919; Beteiligung an Dada-Soireen, Verf. von Dada-Manifesten; 1925 Anschluß an die Surrealisten, 1929 Bruch mit ihnen; Veröffentlichung: *Histoire de Dada*, 1931; gest. 9. 7. 1974 in St.-Jeannet.

An das Publikum.

Bevor überhaupt wir zu Ihnen hinabsteigen, um auszumerzen Ihre stockigen Zähne, Ihre grindigen Ohren, Ihre Sprache, die die Krätze hat –

Bevor wir Ihre faulenden Knochen zerbrechen –

Die katharrhalische Plauze öffnen um als Dünger zur Hebung der Landwirtschaft zu·dienen, Ihre Fettleber, Ihre Proletenmilz und Diabetikernieren exstirpieren –

Bevor wir confiscieren Ihren häßlichen Sexus, der anstößig wirkt und entartet, –

Bevor wir Ihnen den Appetit verderben auf Schönheit, Zucker, Pfeffer, Philosophie und metaphysisch – mathematisch – lyrischen Gurkensalat –

Bevor wir in Vitriol Sie tunken, um Sie zu reinigen und energisch zu läutern

Vor alledem

Wolln wir erst mal ein großes antiseptisches Bad nehmen

Wir machen Sie darauf aufmerksam:

Wir sind die großen Meuchelmörder All Ihrer kleinen Neuigkeiten

Und schließlich: wie geht das schöne Lied:

Ki Ki Ki Ki Ki Ki Ki –

Sehet den lieben Gott wie er reitet auf einer Nachtigall –

Was heißt da häßlich und schön –

Madame Deine Schnauze riecht nach Zuhältermilch

Am Morgen

Denn Abends kann man sie eher nennen: Popo eines lilientollen Engels

Ist das nicht nett?

Adieu mein Freund!

(D'adatraduction Walther Mehring.)

Ô

Er setzte seinen Hut auf den Boden und füllte ihn mit Erde
dann säete er mit dem Finger eine Träne hinein.
Eine große Geranie wuchs daraus, ach so groß.
Unter dem Blätterwerk reiften zahllose Kürbisse.
Er öffnete seinen Mund, der voller goldplombierter Zähne
war, und sagte:
I grec!
Er schüttelte die Zweige der Babylonischen Weide, die die
Luft erfrischte –
und seine schwangere Frau zeigte ihrem Kind durch
die Haut ihres Bauches das Horn eines totgeborenen
Mondes.
Er setzte auf seinen Kopf den Hut, der aus Deutschland
importiert worden war.
Die Frau kam mit einer Frühgeburt nieder, deren Urheber
Mozart war
Unterdessen jagte ein Harfenspieler in einem abgeblendeten
Auto dahin
und mitten im Himmel fraßen Tauben, ach so süße
mexikanische Tauben: – Kanthariden.

(Übersetzt aus dem Französischen von Alexis.)

Vincente Huidobro

Pablo Picasso: Vincente Huidobro, Zeichnung 1921

Vincente Huidobro: geb. 10. 1. 1883 in Santiago/Chile; literarische Arbeiten seit 1911, Einflüsse Mallarmés, Rimbauds, Apollinaires und der Kubisten; 1913 erste *Caligramme;* 1916 in Paris, Kontakte zu den Zeitschriften *SIC* und *Nord-Sud;* 1919 Studium in Berlin, Fribourg, Paris; 1920 Anschluß an die Pariser Dada-Bewegung; Beitrag im *Dada-Almanach;* Veröffentlichungen: die Gedichtbände *Saisons choises,* 1921, *Tout à coup,* 1925, und *Manifestes,* 1925; Mitarbeit an der Zeitschrift *L'esprit nouveau;* 1921 Gründung der eigenen Zeitschrift *Creacion;* 1925 Rückkehr nach Chile; Gründung der Zeitschrift *Accion;* gest. 2. 1. 1948 in Santiago/Chile.

Paysage

Le soir on se promènera sur des routes parallèles

L'ARBRE
ETAIT
PLUS
HAUT
QUE LA
MONTAGNE

La lune

ou

tu te regardes

MAIS LA
MONTAGNE
ETAIT SI LARGE
QU'ELLE DEPASSAIT
LES EXTREMITES
DE LA TERRE

LE
FLEUVE
QUI
COUI.F
NE
PORTE
PAS
DE
POISSONS

ATTENTION A NE PAS
JOUER SUR L'HERBE
FRANCHEMENT PEINTE

Une chanson conduit les brebis vers l'étable

Vincente HUIDOBRO

Marcel Duchamp

Foto um 1920

Marcel Duchamp: geb. 28. 7. 1887 in Blainville-Crevon; Studium an der *Académie Julian* unter kubistischem Einfluß; Freundschaft mit Picabia und Apollinaire; erstes ›Readymade‹ 1914; 1915/18 Aufenthalt in New York; Freundschaft mit Man Ray; Hrsg. der Zeitschriften *The Blind Man* und *Rongwrong;* 1919 über Buenos Aires Rückkehr nach Paris, 1920 wieder in New York; 1921 zusammen mit Man Ray Hrsg. der Zeitschrift *New York Dada;* 1923 bis 1942 in Paris; ab 1923 professioneller Schachspieler; erste Ausgabe von *Boîte en valise,* Reproduktionen seiner wichtigsten Arbeiten, 1941; 1942 endgültige Rückkehr nach New York, 1955 amerikanischer Staatsbürger; Einfluß auf Pop Art; gest. 2. 10. 1968 in Neuilly-sur-Seine.

Avoir l'apprenti dans le soleil

Man Ray

Foto um 1920

Man Ray: geb. 27. 8. 1890 in Philadelphia; zusammen mit Marcel Duchamp und Francis Picabia Begründer der New Yorker Dada-Gruppe, 1921 Mithrsg. der Zeitschrift *New York Dada!;* nach 1921 bis 1940 und dann wieder nach 1951 in Paris; nach expressionistischen und kubistischen Anfängen in der Malerei Entwicklung von Fotoexperimenten, u. a. Erfinder der Fotografie ohne Kamera (nach ihm benannt: ›Rayogramme‹); wichtige Anstöße für die surrealistische Fotografie, auch für den Film: *Le retour à la raison,* 1923, und weitere Filme; Collagen und verfremdete Objekte (Bügeleisen mit Reißnägeln, bemaltes Brot etc.); gest. 18. 11. 1976 in Paris.

L'inquiétude

1 " 23456789 10 11 12 : : : : : : -TTTTTTT- Qh

Dragnnnnnnnnnnnnnnnnnnnnn

!

(Petite) $ ¦Drooooooooooooooooo.

!

!.

PI ! TY

I'll see you again soon, yes, sooon.
Thought : (sooner than you think) soune or suun !

Collender 1920

Wetch by time

. . . .

1 2 3 4 5 6 7 8 9 10 11 12 S M T W T F S

MAN RAY
Paris, Mai 1924

Textnachweise

Emmy Hennings (S. 25 ff): *Gesang . . ., Morfin,* in: *Cabaret Voltaire,* Nr. 1, Zürich 1916, S. 12; *Tänzerin, Ätherstrophen, Nach dem Cabaret,* in: *Dada Gedichte,* Hg. Schifferli, Zürich 1957, S. 21, 18, 20.
Hugo Ball (S. 29 ff.): *Cabaret,* in: *Cabaret Voltaire,* S. 24; Abdruck *Karawane* nach: *Dada-Almanach,* Hg. Huelsenbeck, Berlin 1920, S. 53; alle anderen Texte nach: Ball, *Gesammelte Gedichte,* Hg. Schütt-Hennings, Zürich 1963, S. 21 f., 24-27, 33-40.
Hans Arp (S. 41 ff., S. 145 ff.): *Aus der Wolkenpumpe,* in: *Der Zeltweg,* Nr. 1, Zürich 1919, S. 12-14; *Die Schwalbenhode,* in: *Dada-Almanach,* S. 114 ff, S. 145 f; *Die Schwalbenhode, 4,* in: *Dada,* Nr. 8, 1921; *Opus Null,* aus: Arp, *Gesammelte Gedichte,* Bd. 1, Hg. Arp-Hagenbach u. Schifferli, Zürich 1963, S. 80 ff.; *aus dem cacadou supérieur,* in: *Die Schammade,* Nr. 1, Köln 1920.
Richard Huelsenbeck (S. 49 ff., S. 87 ff.): *Der Idiot,* in: *Cabaret Voltaire,* Nr. 1, S. 18; *Ende der Welt,* in: *Der Dada,* Nr. 2, Berlin 1919, S. 18; *Ebene, Dada-Gedicht, Schalaben . . ., Das indianische Meer . . ., Die Primitiven, Chorus sanctus, Der Zylindergiebel,* aus: Huelsenbeck, *Phantastische Gebete,* Zürich 1960 (1. Aufl. Zürich 1916), S. 16 ff., 56 ff., 52 ff., 28 f., 27, 44; *Mainacht . . .,* in: *Der Zeltweg,* Nr. 1, S. 7 f.; *Dada-Schalmei,* in: *Der Dada,* Nr. 3, Berlin 1920; *Schieber-Politik,* in: *Der blutige Ernst,* Nr. 4, Berlin 1919, S. 3; *391,* in: *Die Schammade,* Nr. 1.
Tristan Tzara (S. 65 ff., S. 171 f.): *La Revue Dada 2,* in: *Cabaret Voltaire,* Nr. 1, S. 19; alle übrigen Texte nach: Tzara, *7 Dada Manifeste,* übers. Pierre Gallissaires, Hamburg 1976, S. 30 ff., 27, 44, 52, 49, dort auch Hinweise auf die Erstdrucke in: *Littérature,* Nr. 13, Paris 1920, *Dada Anthologie 1919, La Vie des Lettres,* Nr. 4, Paris 1921; *Calendrier 20,* in: *Die Schammade,* Nr. 1.
George Grosz (S. 92 ff.): *Gesang an die Welt,* in: *Neue Blätter für Kunst und Dichtung,* Jg. 1, H. 7, Dresden 1918, S. 154 f.; *Man muß Kautschukmann sein,* in: *Neue Jugend,* Jg. 1, H. 2, Berlin 1917, S. 1.
Raoul Hausmann (S. 98 ff.): *fmsbwtözäu, OFFEAHBDC,* Berlin 1918, nach: Hausmann, *Am Anfang war Dada,* Hg. Kämpf u. Riha, Gießen 1972, S. 67, 43; *kp 'erioum,* in: *Der Dada,* Nr. 1, Berlin 1919; *bbb,* in: *Der blutige Ernst,* Nr. 3, Berlin 1919, S. 6; *Seelen-Automobil,* in: *Der Dada,* Nr. 3.
Johannes Baader (S. 101 ff.): alle Texte nach: Baader Oberdada, *Schriften, Manifeste, Flugblätter, Billets, Werke und Taten,* Hg. Bergius, Miller, Riha, Gießen 1977, S. 7, 22, 38, 106, 105, 115 f.
Walter Mehring (S. 107 ff.): *Deutscher Liebesfrühling,* in: *Die Pleite,* Jg. 1, Nr. 1, Berlin, Leipzig 1919, S. 4; *Maifeier,* a.a.O., Nr. 4, Berlin, Leipzig 1919, S. 3; *Der Coitus . . .,* in: *Jedermann sein eigner Fußball,* Nr. 1, Berlin, Leipzig 1919, S. 4; *Publikums Lästerung, Gebrauchsanweisung, Was ist Dadayama,* nach: Mehring, *Großes Ketzerbrevier,* München, Berlin 1974, S. 20 ff.; *berlin simultan,* in: *Dada-Almanach,* S. 45 ff. Alle Gedichte, bis auf *Publikumsbeschimpfung,* siehe auch *Chronik der Lustbarkeiten,* Düsseldorf 1981.
Wieland Herzfelde (S. 118 ff.): *Trauerdiriflog, Das Dadalyripipidon,* in: *Der Dada,* Nr. 3.

Hannah Höch (S. 121 ff.): *An Hans Arp,* aus: Höch, *Fotomontagen, Gemälde, Aquarelle,* Hg. Adriani, Köln 1980, S. 42.
Kurt Schwitters (S. 131 ff.): alle Texte aus: Schwitters, *Das literarische Werk,* Hg. Lach, Köln 1973 ff., Bd. 1, S. 51, 58 f., 64, 198 f., 86, Bd. 5, S. 435, Bd. 1, S. 206, 200, 205, 170, 180, 93, 95, 182; dort auch Hinweise auf die Erstdrucke in: *Der Zeltweg, Der Sturm,* Jg. 10, 12, 13, Berlin 1919-22, Schwitters, *Elementar,* Berlin 1922, *Anna Blume Dichtungen,* Hannover 1922 etc.
Max Ernst (S. 151 ff.): *Worringer . . ., Lisbeth, Gertrud, Antwort der Weltbürger . . .,* in: *Die Schammade,* Nr. 1; *Die wasserprobe,* in: *Dada,* Nr. 8, 1921; *Le chanson . . ., Etna,* aus: *Max Ernst in Köln,* Hg. Herzogenrath, Köln 1980, S. 79, 83.
Johannes Theodor Baargeld (S. 156 ff.): Bimbamresonnanz I, Bimmelresonnanz II, in: *Die Schammade,* Nr. 1; *Sprüche,* in: *Dada,* Nr. 8, 1921. Siehe auch: Walter Vitt, *Auf der Suche nach der Biographie des Kölner Dadaisten J. Th. Baargeld,* Starnberg 1977.
Walter Serner (S. 166 ff.): *Bestes Pflaster . . .,* in: *Dada 4/5,* Zürich 1919, S. 8; *Manschette,* 5, 7 u. 9, in: *Der Zeltweg,* Nr. 1, S. 10 f. Walter Serner, *Das Hirngeschwür* – Dada. München 1977.
Francis Picabia (S. 173 ff.): *Ich stamme . . .,* in: *Dada-Almanach,* S. 99 ff.; *Manifest . . .,* in: *Der Dada,* Nr. 3 und *Dada-Almanach,* S. 47 ff.
Philippe Soupault (S. 176 ff.): *Die fünf Brüder, Tomatenblüten,* in: *Dada-Almanach,* S. 101 f.; *Westwego,* aus: *Dada, Eine literarische Dokumentation,* Hg. Huelsenbeck, Reinbek 1964, S. 185 f.
Georges Ribemont-Dessaignes (S. 179 ff.): *An das Publikum, ô,* in: *Dada-Almanach,* S. 98, f., 49.
Vincente Huidobro (S. 182 f.): *Paysage,* in: *Dada-Almanach,* S. 156.
Marcel Duchamp (S. 184 f.): *avoir l'apprenti . . .,* aus: *The complete Works of M.D.,* New York 1970, S. 264 f. bzw. 445.
Man Ray (S. 186 ff.): *L'inquiétude,* in: *Salon Dada International,* Paris 1921, S. 1; *Lautgedicht,* in: *391,* Nr. 17, Paris 1924, S. 3.
Gemeinschaftsarbeiten (S. 71 ff., 124 f., 159 f.): *Dialogue . . ., L'amiral . . .,* in: *Cabaret Voltaire,* Nr. 1, S. 31, 6 f.; *Die Hyperbel . . .,* in: *Der Zeltweg,* Nr. 1, S. 5 f.; *Rattaplasma,* aus: Arp, Ball u. a., *Dada Gedichte, Dichtungen der Gründer,* Hg. Schifferli, Zürich 1957, S. 72; – *s' Fatagagalied,* in: *Dada,* Nr. 8, 1921. – *dadadegie,* in: *Der Dada,* Nr. 1.

Bei den Fotoarbeiten für die Abbildungen war mir – aus der Bibliothek der Universitäts-Gesamthochschule Siegen – Frau Herzberg behilflich; bei der Beschaffung und Auswahl der Texte hat mich Franz-Josef Weber unterstützt: beiden möchte ich an dieser Stelle *dada-cordialst* danken.

Lesen Sie weiter: